Vintém de Cobre

Meias confissões de Aninha

Obras de Cora Coralina
publicadas pela Global Editora

Adultas

Cora coragem Cora poesia*

Doceira e poeta

Estórias da casa velha da ponte

Melhores poemas Cora Coralina

Meu livro de cordel

O tesouro da casa velha

Poemas dos becos de Goiás e estórias mais

Villa boa de goyaz

Vintém de cobre

Infantis

A menina, o cofrinho e a vovó

A moeda de ouro que um pato engoliu

antiguidades

As cocadas

Contas de dividir e trinta e seis bolos

De medos e assombrações

Lembranças de Aninha

O prato azul-pombinho

Os Meninos Verdes

Poema do milho

* Biografia de Cora Coralina escrita por sua filha Vicência Brêtas Tahan

Cora Coralina

Vintém de Cobre

Meias confissões de Aninha

global editora

© Vicência Brêtas Tahan, 2011

1ª a 4ª Edições, Editora da UFG
11ª Edição, Global Editora, São Paulo 2024

Jeffe rson L. Alves – diretor editorial
Gustavo Henrique Tuna – gerente editorial
Flávio Samuel – gerente de produção
Ângela Jungmann Gonçalves – revisão linguística
Rita de Cássia M. Lopes e Maria Aparecida Salmeron – revisão de texto
Victor Burton – capa
Equipe Global Editora – produção editorial e gráfica
Impressão – Gráfica Plena Print

Dados Internacionais de Catalogação na Publicação (CIP)
(Câmara Brasileira do Livro, SP, Brasil)

Coralina, Cora, 1889-1985
    Vintém de cobre : meias confissões de Aninha / Cora Coralina. –
11. ed. – São Paulo : Global Editora, 2023.

    ISBN 978-65-5612-510-7

    1. Poesia brasileira. I. Título.

23-161422.   CDD: B869.1

Índices para catálogo sistemático:

1. Poesia : Literatura brasileira   B869.1

Cibele Maria Dias - Bibliotecária - CRB-8/9427

Obra atualizada conforme o
NOVO ACORDO ORTOGRÁFICO DA LÍNGUA PORTUGUESA

Global Editora e Distribuidora Ltda.
Rua Pirapitingui, 111 – Liberdade
CEP 01508-020 – São Paulo – SP
Tel.: (11) 3277-7999
e-mail: global@globaleditora.com.br

g grupoeditorialglobal.com.br   ⊚ @globaleditora

💬 blog.grupoeditorialglobal.com.br in /globaleditora

f /globaleditora   ♪ @globaleditora

▶ /globaleditora   𝕏 @globaleditora

Nº de Catálogo: **1404**

Dados Biográficos da Autora

ora Coralina (Ana Lins dos Guimarães Peixoto Brêtas) nasceu na Cidade de Goiás em 20 de agosto de 1889. Filha de Jacinta Luíza do Couto Brandão Peixoto e do Desembargador Francisco de Paula Lins dos Guimarães Peixoto.

Casou-se com Cantídio Tolentino de Figueiredo Brêtas. Teve quatro filhos: Paraguassu, Cantídio Filho, Jacinta e Vicência, 15 netos e 29 bisnetos.

Iniciou sua carreira literária aos 14 anos, publicando seu primeiro conto "Tragédia na Roça", em 1910, no Anuário Histórico, Geográfico e Descritivo do Estado de Goiás, do Prof. Francisco Ferreira dos Santos Azevedo.

Saiu de Goiás em 25 de novembro de 1911, indo morar no interior de São Paulo: Jaboticabal, Andradina e depois na capital paulista. Viveu fora de Goiás durante 45 anos.

Voltou para Goiás em 1956, indo morar na Casa Velha da Ponte. Iniciou nova atividade, a de doceira, que vai desenvolver por mais de vinte anos.

Faleceu em Goiânia, em 10 de abril de 1985, e seu corpo foi levado para a cidade de Goiás, onde jaz no Cemitério São Miguel.

Villa-Boa Revivida em Cora Coralina

A cidade de Goiás, antiga Villa-Boa de Goyaz, que até o ano de 1933 ostentou a condição de capital do Estado, surgiu das povoações fundadas, em 1726, pelo explorador paulista Bartolomeu Bueno, o filho.

Nascida em decorrência do ciclo do ouro, a cidade atingiu o seu auge durante o século XVIII.

A partir desse período, o seu núcleo central foi assumindo aparência arquitetônica própria, que ainda hoje conserva, num estilo colonial condizente com as condições da região.

Encravada às margens do rio Vermelho, num vale cercado por colinas, impossibilitada fisicamente de expandir-se, a cidade acabou por assumir um ar romântico imposto por contingências históricas e por força de sua situação geográfica.

Privilegiada no sentido de colocar as pessoas em contato permanente com os elementos da natureza, esse aspecto foi acentuado por seus riachos cristalinos e sua vegetação peculiar, suas ruas sinuosas e irregulares, suas ladeiras pedregosas, seus tortuosos e misteriosos becos, seus muros de pedra. Esses mesmos muros de pedra que alimentaram as lendas sobre os escravos que os construíram e sobre a existência de tesouros em pepita e ouro em pó, escondidos em suas fendas. Lendas que provocavam a imaginação das crianças, juntamente com os outros casos que os mais velhos lhes contavam ao cair da noite, revivendo as tradições tribais, tanto da África quanto de nossos aborígenes.

Esse costume de os mais velhos contarem casos para as crianças, ao entardecer, é um fato psicológico que deve ser realçado como elemento provocador, por excelência, da imaginação criadora dos vilaboenses.

O "contar casos" se constituiu numa tradição familiar de nossos ancestrais que Cora Coralina faz reviver em sua obra com toda pujança de seu poder criador.

Em seus poemas encontramos o estilo oral desses "casos", sem invencionices literárias, gravados com a aparente simplicidade que caracteriza a sua obra poética.

É em *Vintém de Cobre: Meias confissões de Aninha*, que a poesia de Cora Coralina se realiza como o elo de permanência da tradição que vem dos tempos passados em busca da afirmação de uma brasilidade futura, conforme palavras da própria autora: "Geração ponte, eu fui, posso contar".

Cora Coralina, de Goiás

Este nome não inventei, existe mesmo, é de uma mulher que vive em Goiás: Cora Coralina.

Cora Coralina, tão gostoso pronunciar esse nome, que começa aberto em rosa e depois desliza pelas entranhas do mar, surdinando música de sereias antigas e de Dona Janaína moderna.

Cora Coralina, para mim a pessoa mais importante de Goiás. Mais do que o Governador, as excelências parlamentares, os homens ricos e influentes do Estado. Entretanto, uma velhinha sem posses, rica apenas de sua poesia, de sua invenção, e identificada com a vida como é, por exemplo, uma estrada.

Na estrada que é Cora Coralina passam o Brasil velho e o atual, passam as crianças e os miseráveis de hoje. O verso é simples, mas abrange a realidade vária. Escutemos:

"Vive dentro de mim/uma cabocla velha/de mau olhado,/acocorada ao pé do borralho, olhando pra o fogo." "Vive dentro de mim/a lavadeira do rio Vermelho. Seu cheiro gostoso d'água e sabão." "Vive dentro de mim/a mulher cozinheira. Pimenta e cebola.

Quitute benfeito." "Vive dentro de mim/a mulher proletária./Bem linguaruda,/desabusada, sem preconceitos." "Vive dentro de mim/a mulher da vida./Minha irmãzinha.../ tão desprezada,/tão murmurada..."

Todas as vidas. E Cora Coralina as celebra todas com o mesmo sentimento de quem abençoa a vida. Ela se coloca junto aos humildes, defende-os com espontânea opção, exalta-os, venera-os. Sua consciência humanitária não é menor do que sua consciência da natureza. Tanto escreve a Ode às Muletas como a Oração do Milho. No primeiro texto, foi a experiência pessoal que a levou a meditar na beleza intrínseca desse objeto ("Leves e verticais. Jamais sofisticadas./ Seguras nos seus calços/de borracha escura. Nenhum enfeite ou sortilégio"). No segundo poema, o dom de aproximar e transfigurar as coisas atribui ao milho estas palavras: "Sou o canto festivo dos galos na glória do dia que amanhece./ Sou o cocho abastecido donde rumina o gado./Sou a pobreza vegetal agradecida a vós, Senhor."

Assim é Cora Coralina: um ser geral, "coração inumerável", oferecido a estes seres que são outros tantos motivos de sua poesia: o menor abandonado, o pequeno delinquente, o presidiário, a mulher da vida. Voltando-se para o cenário goiano, tem poemas sobre a enxada, o pouso de boiadas, o trem de gado, os becos e sobrados, o prato azul-pombinho, último restante de majestoso aparelho de 92 peças, orgulho extinto da família. Este prato faz jus à referência especial, tamanha a sua ligação com usos brasileiros tradicionais, como o rito da devolução: "Às vezes, ia de empréstimo/à casa da boa Tia Norita./E era certo no centro da mesa/de aniversário, com sua montanha/de empadas bem tostadas/No dia seguinte, voltava,/conduzido por um portador/que era sempre o Abdenago, preto de valor,/de alta e mútua confiança./Voltava com muito-obrigados/e, melhor cheinho/de doces e salgados./Tornava a relíquia para o relicário..."

Relicário é também o sortido depósito de memórias de Cora Coralina. Remontando à infância, não a ornamenta com flores falsas: "Éramos quatro as filhas de minha mãe./Entre elas ocupei sempre o pior lugar." Lembra-se de ter sido "triste, nervosa e feia./Amarela, de rosto empalamado. /De pernas moles, caindo à toa." Perdera o pai muito novinha. Seus brinquedos eram coquilhos de palmeira, caquinhos de louça, bonecas de pano. Não era compreendida. Tinha medo de falar. Lembra com amargura essas carências, esquecendo-se de que a tristeza infantil não lhe impediu, antes lhe terá preparado a percepção solidária das dores humanas, que o seu verso consegue exprimir tão vivamente em forma antes artesanal do que acadêmica.

Assim é Cora Coralina, repito: mulher extraordinária, diamante goiano cintilando na solidão e que pode ser contemplado em sua pureza no livro *Poemas dos Becos de Goiás e Estórias Mais*. Não estou fazendo comercial de editora, em época de festas. A obra foi publicada pela Universidade Federal de Goiás. Se há livros comovedores, este é um deles. Cora Coralina, pouco conhecida dos meios literários fora de sua terra, passou recentemente pelo Rio de Janeiro, onde foi homenageada pelo Conselho Nacional de Mulheres do Brasil, como uma das dez mulheres que se destacaram durante o ano. Eu gostaria que a homenagem fosse também dos homens. Já é tempo de nos conhecermos uns aos outros sem estabelecer critérios discriminativos ou simplesmente classificatórios.

Cora Coralina, um admirável brasileiro. Ela mesma se define: "Mulher sertaneja, livre, turbulenta, cultivadamente rude. Inserida na gleba. Mulher terra. Nos meus reservatórios secretos um vago sentido de analfabetismo." Opõe à morte "aleluias festivas e os sinos alegres da Ressurreição. Doceira fui e gosto de ter sido. Mulher operária".

Cora Coralina: gosto muito deste nome, que me invoca, me bouleversa, me hipnotiza, como no verso de Bandeira.

Carlos Drummond de Andrade
(*Jornal do Brasil,* cad. B, 27-12-80)

Carta de Drummond

Rio de Janeiro, 7 de outubro, 1983.

Minha querida amiga Cora Coralina:

Seu *Vintém de Cobre* é, para mim, moeda de ouro, e de um ouro que não sofre as oscilações do mercado. É poesia das mais diretas e comunicativas que já tenho lido e amado. Que riqueza de experiência humana, que sensibilidade especial e que lirismo identificado com as fontes da vida! Aninha hoje não se pertence. É patrimônio de nós todos, que nascemos no Brasil e amamos a poesia (...).

Não lhe escrevi antes, agradecendo a dádiva, porque andei malacafento e me submeti a uma cirurgia. Mas agora, já recuperado, estou em condições de dizer, com alegria justa: Obrigado, minha amiga! Obrigado, também, pelas lindas, tocantes palavras que escreveu para mim e que guardarei na memória do coração.

O beijo e o carinho do seu

Drummond.

Cora Coralina – Vivenciadora

(...)

Cora Coralina, irmã, companheira, Bem-Amada, mãe! Mulher-jazida-de-sabedoria. Captadora de misteriosas modulações da subjetividade. Sediciosa e cheia de mansuetude. Humilde, a nivelar-se com a desvaidade do chão juncado de relva, e altaneira com a sobranceria dos píncaros inatingíveis. Incansavelmente diligente a urdir a teia arco-irisada de seus dias, e abismada na sondagem porfiosa dos arcanos da alma. Sibila, a rasgar diante dos incrédulos horizontais restauradores de certezas. Pórtico da cidade do futuro. Arco do triunfo. Escadaria que nos alça à pátria legítima, habitada de homens e mulheres pacíficos, solidários, laboriosos, leais, fecundos, altivos, alimentados no corpo e na mente, dignos – homens-homens, mulheres-mulheres. Educadora de espaçosa visão, receptiva à juventude, benévola com os adultos irregeneráveis, paciente com os equivocados, compassiva com os perdidos, transbordante de ternura com as crianças, as avezinhas do céu, as criaturas da água e das matas. Psicóloga dotada de antenas indutoras das radiações da mente e do cromatismo das emoções. Acreditai! Em *Vintém de Cobre* há até um teste psicológico de personalidade. Lede o poema "Os homens", em que os racionais são classificados em três biótipos: Homem água. Homem vinho. Homem vinagre.

Homem água.

...

É como água corrente e ofertante,
encontradiça nos descampados de uma viagem.

"Renovadora e reveladora do mundo."
Eis tudo! Inútil acrescentar mais nada.

Há também, lado a lado, o homem vinho.
Fechado nos seus valores inegáveis e de nobreza
reconhecida.

Arrolhado seu espírito de conteúdo excelente em
todos os sentidos.
...
Oferecido em pequenos cálices de cristal a amigos.
...
Há de permeio o homem vinagre,
...
mas com esse não vamos perder espaço.
Há um lugar na vida para todos.
Em qualquer dos grupos se julga situado você,
leitor amigo?
....

De *Vintém de Cobre*, agora dado a lume, bem poderia Cora Coralina dizer: Quem tocar neste livro, toca no cerne da vida, pois ele é carne e sangue tecidos num corpo inconsútil. (...)

Não há o mais remoto exagero nisso. Dificilmente há ocorrido a transfusão tão completa de uma existência numa criação literária.

Todos os quadrantes da lida humana – individual e social – estão aqui capturados. Há uma carga tão densa de vivência convertida em ciência que não raro o timbre da voz da grande vivenciadora se confunde com a inflexão das Escrituras.

(...)

Este livro contém grandes poemas: "A Gleba me Transfigura", "Aninha e suas Pedras", "Mãe", "Irmã Bruna", "Segue-me", "Sombras", "Coisas do Reino da minha Cidade", "Várias...", "Meu Amigo", "Para o meu Visitante Eduardo Melcher Filho".

E contém grandes versos:

Assim devia ser.
Fiz um nome bonito de doceira, glória maior.
E nas pedras rudes do meu berço
gravei poemas

Que sabe você, jovem poeta da fala das sementes?
...
Fazer bem feito tudo que houver de ser feito.

A palavra nova... Como será?
Mesmo nova será nascida de um arcaísmo.

E falando das rolinhas, a catarem sementes de capim em seu quintal:

Sempre puras. Nem a rainha de Sabá teria meias
                                    tão vermelhas
e veste tão linda como elas.

E nem sequer aflorei o humor de Cora Coralina. Sua ironia e às vezes sarcasmo demolidor. Sua revolta desagravadora: "Arrebentar todas as amarras/ e contenções represadas." Suas certezas. Sua ciência profunda do trabalho humilde, em particular dos misteres rurais. Suas sínteses e diagnósticos definitivos. "O autêntico sabe que jamais/ chegará ao prêmio Nobel. / O medíocre se acredita sempre perto dele." / / "Que dizer a um jovem ansioso na sede precoce de lançar um livro…/ Tão pobre ainda a sua bagagem cultural,/ tão restrito seu vocabulário,/ enxugando lágrimas que não chorou,/ dores que não sentiu, sofrimentos imaginários que não experimentou."

(…)

Cora Coralina: "Água pura da humanidade".

Oswaldino Marques

Cântico Excelso

À memória da minha grande mestra, Silvina Ermelinda Xavier de Brito – Mestra Silvina – ofereço este livro.

Ofereço estas páginas à minha escola primária, a única escola da minha vida, minha única mestra, sozinha na sua sala de aula, sozinha no seu ministério, tão pobre que eu quisera exaltar em letras de diamantes. Foi por esta única escola de uma grande mestra, cinquenta anos mais velha do que eu, que cheguei à publicação de meus livros e às minhas seguidas noites de autógrafos.

Minhas noites de autógrafos... Festejadas, cumprimentadas, flores, luzes, gente moça à minha volta, oradores no microfone, aquele quadro luminoso vai desaparecendo, peça a peça, muda. O cenário desaparece em mágica visual e o que se me apresenta é a minha escola primária, ao vivo, com toda a sua pobreza, seus bancos duros, sua mesa manchada de tinta, suas pernas de encaixe, suas lousas pertencentes, seus livros superados de que ninguém mais fala.

Minha mestra, meus colegas... tão poucos restam.

Revivo a velha escola e agradeço, alma de joelhos, o que esta escola me deu, o que dela recebi. A ela ofereço meus livros e noites festivas, meu nome literário.

Foi pela didática paciente da velha mestra que Aninha, a menina boba da casa, obtusa, do banco das mais atrasadas se desencantou em Cora Coralina.

Lugar de honra para minha mestra e para todas as esquecidas Mestras do passado. Mestra Silvina – beijo suas mãos cansadas, suas vestes remendadas.

Este Livro, Meias Confissões
de Aninha,

é um livro tumultuado, aberrante, da rotina de se fazer
e ordenar um livro.
Tumultuado, como foi a vida daquela que o escreveu.
Consequente. Vai à publicidade sem nenhuma pretensão.
Alguma coisa, coisas que me entulhavam, me engasgavam
e precisavam sair.
É um livro das consequências.
De consequências.
De uma estou certa, muitas dirão: estas coisas também
se passaram comigo.

Este livro foi escrito no tarde da vida,
procurei recriar e poetizar. Caminhos ásperos
de uma dura caminhada.
Nos reinos da Cidade de Goiás, onde todos somos
                              amigos do Rei.
(Parodiando M. Bandeira.)

O Cântico de Aninha

Vintém de Cobre...
Antigos vinténs escuros.
(De cobre preto foi batizado).
Azinhavrados.

Ainda o vejo,
Ainda o sinto,
Ainda o tenho,
na mão fechada.

Moeda triste, escura, pesada,
da minha casa,
da minha terra,
da minha infância,
da gente pobre, daquele tempo.

Tudo velho, gasto, conservado,
empoeirado, pelos cantos.
Levados para o depósito do velho sobradão.

Colchas de retalhos desiguais e desbotados.
Panos grosseiros encardidos, remendados.

Potes e gamelas, pratos desbeiçados,
velhos sapatos,
furados, acalcanhados
eram disputados,
tinha sempre alguém que os quisesse.

Pilões lavrados a machado,
cavados em cepos de aroeira.
Mão de pilão, aleijada, redonda, sem dedos.
Mão pesada de bater, socar, esmoer, quebrar, pulverizar.
Mãos antigas, de menina-moça, agarradas, em movimentos
                                        ritmados,
alternados, batidas contínuas, compassadas.
Engenho doméstico de pilar.

"Quarenta vintém derréis..."
Dinheiro curto, escasso.
Parco. Parcimonioso.
De se guardar.
De um tempo velho.
De gente pobre.
Da minha terra.
Da minha infância.
Vintém de Cobre!...
Economia. Poupança.

A casa pobre.
Mandrião de saias velhas
da minha bisavó.

Recortadas, costuradas para mim.
Timão de restos de baeta.
Vida sedentária.
Orgulho e grandeza do passado.

Nesse tempo me criei.
Daí, este livro – Vintém de Cobre,
numa longa gestação,
inconsciente ou não,
que vem da infância longínqua
à ancianidade presente.

Cântico Primeiro de Aninha

A estrada está deserta,
vou caminhando sozinha.
Ninguém me espera no caminho.
Ninguém acende a luz.
A velha candeia de azeite
de há muito se apagou.

A longa noite escura...
A caminhada...
Carreando pedras,
construindo com as mãos sangrando
minha vida.

Deserta a longa estrada...
Mortas as mãos viris que se estendiam às minhas.
Dentro da mata bruta
Leiteando imensos vegetais.
Cavalgando o negro corcel da febre,
Desmontado para sempre.

Passa a falange dos mortos...
Silêncio. Os namorados dormem.

Flutuam véus roxos no espaço.
Na esquina do tempo morto
À sombra dos velhos seresteiros...
A flauta, o violão, o bandolim.
Alertas as vigilantes,

barroando portas e janelas cerradas.
Cantava de amor a mocidade.

A estrada está deserta...
Alguma sombra escassa
buscando o pássaro perdido.
Morro acima. Serra abaixo.
Ninho vazio de pedras.
Eu avante na busca fatigante
de um mundo impreciso,
todo meu.
feito de sonho incorpóreo
e terra crua.

Bandeiras rotas, despedaçadas,
quebrado o mastro na luta desigual.
Sozinha, pisada. Nua. Espoliada, assexuada.
Sempre caminheira, removendo pedras.
Morro acima. Scrra abaixo.
Longa procura de uma furna escura,
fugitiva a me esconder.
Escondida no meu mundo.
Longe... Longe...
Indefinido longe, nem sei onde.

O tardio encontro.
Passado o tempo de semear o vale,
de colher o fruto.
O desencontro,
da que veio cedo e do que veio tarde.

A candeia está apagada
e na noite gélida eu me vesti de cinzas.

Meus olhos estão cansados
Meus olhos estão cegos
Os caminhos estão fechados.

LIVRO I
MEIAS CONFISSÕES
DE ANINHA

O Mandrião

Eu vestia um mandrião
recortado e costurado para mim
de uma saia velha da minha bisavó.
E como aquele mandrião
me fazia feliz!...

Eu tinha um mandrião...
Eu vestia um antigo mandrião
recortado e costurado para mim
de uma saia velha
da minha bisavó.

Eu brincava, rodava, virava roda,
e o antigo mandrião se enchia
de vento balão.

Aninha cantava, desentoada, desafinada,
boba que era.
Meu mandrião, vento balão,
roda pião, vintém na mão.
Os grandes exploravam.

Irônicos, sarcásticos.
"Faz caramujo, Aninha."
Aninha, a boba,
rolava no chão,
fazia caramujão.
Riam e diziam:
"é boba mesmo."

Moinho do Tempo

Pé de meia sempre vazio.
Vazios os armários
Seus mistérios desmentidos.

Fechaduras arrebentadas, arrancadas.
Velhas gavetas de antigas
mesas de austeras salas vazias.
Os lavrados que guardavam,
vendidos, empenhados,
sem retorno.
As velhas gavetas
guardam sempre um refugo de coisas
que se agarram às casas velhas e acabam mesmo
                                nos monturos.
As velhas gavetas
têm um cheiro nojento de barata.

As arcas desmanteladas.
Os baús amassados.
Os abastos resumidos.
A fornalha apagada.

Economizado o pau de lenha.
Pelos cantos as aranhas
diligentes, pacientes, emaranham teias.
E a casa grande se apagando,
caindo lance a lance, seus muros de taipa.
E um gato miau, fedendo pelos cantos.

E a gente se apegava aos santos,
tão distantes...

Rezava. Rezava, pedia, prometia...
O tempo foi passando,
os santos, cansados, enfastiados
economizando os milagres do passado.
No fim os compradores de antiguidades
acabaram mesmo levando os oratórios
e os santos, que fossem de madeira,
dando lugar à TV, ao Rádio RCAVictor de sete faixas.

A gente era moça do passado.
Namorava de longe, vigiada.
Aconselhada. Doutrinada dos mais velhos,
em autoridade, experiência, alto saber.
"Moça para casar não precisa namorar,
o que for seu virá".
Ai, meu Deus! e como custava chegar...
Virá! Virá!... Virá, virá... quando?
E o tempo passando e o moinho dos anos moendo,
e a roda-da-vida rodando... Virá-virá!
A gente ali, na estaca, amarrada, consumida
de Maria Borralheira, sem madrinha-fada,
sem sapatinho perdido,

sem arauto de príncipe-rei, a procurar
pelos reinos da cidade de Goiás
o pezinho faceiro do sapatinho de cristal,
caído na correria da volta.

A igreja, refúgio e confessionário antigo.
O frade, velho e cansado. Frei Germano, piedoso,
exortando paciente e severo. "Minha filha, a virgindade
é um estado agradável aos olhos de Deus. Olha as
                                    santas virgens,
Santa Terezinha de Jesus, Santa Clara, Santa Cecília,
Santa Maria Mãe de Jesus. Deus dá uma proteção especial
                                    às virgens.
Reza três ave-marias e uma salve rainha a Nossa
                Senhora e vai comungar".

A gente saía confortada, ouvia a missa,
cumpria a penitência e comungava humildemente,
                                    ajoelhada,
véu na cabeça em modéstia reforçada.

Depois, depois, a solidão de solteira, o sonho honesto
                                    de um noivo,
o desejo de filhos,
presença de homem, casa da gente mesma, dona ser.
                                    Um lar.
Estado de casada.

A pobreza em toda volta, a luta obscura
de todas as mulheres goianas. No pilão, no tacho,
fundindo velas de sebo, no ferro de brasas de engomar.
Aceso sempre o forno de barro.

As quitandas de salvação, carreando pelos taboleiros
os abençoados vinténs, tão valedores, indispensáveis.
Eram as costuras trabalhadas,
os desfiados, os crivos pacientes.
A reforma do velho, o aproveitamento dos retalhos.
Os bordados caprichados, os remendos instituídos,
os cerzidos pacientes...
Tudo economizado, aproveitado.
Tudo ajudava a pobreza daquela classe média, coagida,
forçada
a manter as aparências de decência, compostura,
preconceito,
sustentáculos da pobreza disfarçada.
Classe média do após treze (13) de maio.
Geração ponte, eu fui, posso contar.

O poço d'água, a maravilhosa servidão da casa.
Toda a família na dependência do poço, da corda, do
balde.
A água lá no fundo, cisterna, também chamada.
Um dia, dia incerto e já previsto o desastre, o transtorno.
Todos atingidos, impressionados, participantes,
da porta da rua ao fundo do quintal. Arrebentou a
corda do poço...
gasta e cansada, exausta da sua resistência.
Corda vigente, corda de arrocho, corda de enforcar,
lá se foi com seu pedaço, agarrada ao balde, descansar
no fundo profundo do poço.

A casa toda assanhada, informa: arrebentou a corda do
poço.

Vamos tentar a retirada de salvação geral.
Todos participantes, impressionados, coniventes na
salvação
do balde, o resto da corda.
A vizinha de lado comparece por cima do muro, oferece
seu balde,
dá palpites, solidária.

Uma longa vara, um gancho na ponta a vasculhar
o fundo escuro, em passeio lento e paciente. Assistência,
a torcida geral. Afinal, ponta e gancho enlaçam o que
desceu
e sobem triunfante. Faz-se a emenda com perícia,
gente antiga, afeita a essa e outras emergências.
Cada qual aos seus interesses e, volta a casa
a rotina da vida do passado.

Tanta pobreza a contornar.
Tanto sonho irrealizado, tanto abandono.
Tanta água de sonho puxado do poço da imaginação...

Valiam as velhas, seus adágios de sustentação:
Conter e reprimir as jovens, dar-lhes esperanças,
ensinar-lhes a paciência, a vontade de Deus.
E a gente a querer abrir uma brecha naquela muralha
parda de pobreza e limitação.

Hoje sobrará para todos mil cruzeiros.
Me faltando sempre o vintém da infância. Bem por isso
mandei fazer um broche de um vintém de cobre
e preguei no meu vestido do lado do coração.

Sentir a presença daquele vintém
pobre da minha infância, tão procurado, tão escasso!...
Sentir a metade daquela bolacha que repartia comigo
o carinho da minha bisavó, na sua pobreza mansa.
Estender de novo minhas pequenas mãos de criança
para as quitandas, broinhas, brevidades
e biscoitos que me dava tia Nhorita,
ela, se findando numa velhice tão bonita
como outra igual não vi.
Seu sorriso de Mona Lisa,
seu mistério de Gioconda.
Ter nos meus braços aquela boneca de loiça vinda de
                                        Paris,
de chapeuzinho, enfeite, sua flor minúscula, azul, lá da
                                        França.
Sapatinhos e meias, loira, olhos azuis e que dormia...
e que nunca foi minha.
Eu vivia aquela boneca, sonhava e ela sempre ali,
                                        inacessível,
na estática da vitrine envidraçada da loja de "Seu"
                                        Cincinato.

Voltar à infância... Voltar ao paraíso perdido
de uma infância pobre que pedia tão pouco!
Menino Jesus, sorridente no oratório.
Uma bolinha azul nas mãos poderosas sustentando
                                        o mundo.
Ele, tão pequenino e frágil.
Tantos santinhos pobres me protegendo,
tantas velhas me ensinando as regras da vida...
Eu era cega, ceguinha, peticega, sem nada ver.

Mouca, surda,
surdinha, sem nada ouvir...
Chegar hoje a essa evocação dolorida e rude...

Meu vintém de cobre! Arrebentar todas as amarras
e contenções represadas.
Meu vintém! está comigo nestas páginas de escrever.

Nasci Antes do Tempo

Tudo que criei e defendi
nunca deu certo.
Nem foi aceito.
E eu perguntava a mim mesma
Por quê?

Quando menina,
ouvia dizer sem entender
quando coisa boa ou ruim
acontecia a alguém:
Fulano nasceu antes do tempo,
Guardei.

Tudo que criei, imaginei e defendi
nunca foi feito.
E eu dizia como ouvia
a moda de consolo:
Nasci antes do tempo.

Alguém me retrucou.
Você nasceria sempre
antes do seu tempo.
Não entendi e disse Amém.

Coisas de Goiás: Maria

Maria, das muitas que rolam pelo mundo.
Maria pobre. Não tem casa nem morada.
Vive como quer.
Tem seu mundo e suas vaidades. Suas trouxas e seus
                                                botões.
Seus haveres. Trouxa de pano na cabeça.
Pedaços, sobras, retalhada.
Centenas de botões, desusados, coloridos, madre pérola,
                                                louça,
vidro, plástico, variados, pregados em tiras pendentes.
Enfeitando. Mostruário.
Tem mais, uns caídos, bambinelas, enfeites, argolas,
                                                coisas dela.
Seus figurinos, figurações, arte decorativa,
criação, inventos de Maria.
Maria grampinho, diz a gente da cidade.
Maria sete saias, diz a gente impiedosa da cidade.
Maria. Companheira certa e compulsada.
Inquilina da Casa Velha da Ponte.
Digo mal. Usucapião tem ela, só de meu tempo,
vinte e seis anos.

Tão grande a Casa Velha da Ponte...
Tão vazia de gente, tão cheia de sonhos, fantasmas e
papelada,
tradicionais papéis de circunstância.
Seus fantasmas, enterro de ouro. Lendas e legendas.
Cabem todas as Marias desvalidas do mundo e da
minha cidade.
Quem foi o pai, e a mãe e a avó de Maria?
Quantos anos tem Maria? Como foi que nasceu? De que
jeito sobreviveu?
Estacou no tempo, procura sempre no quintal seus
grampinhos
repassados na densa e penteada camada capilar,
onde acomoda em equilíbrio singular seus mistérios...
Teres e mordomias e seus botões alegres, coloridos,
seriados,
chapeando a veste, que por ser pobre não deixa de ser
nobre,
resguarda sua nudez casta, inviolada.
Sete blusas, sete saias, remendos, cento de botões
cem números de grampinhos. Muito séria, não dá
confiança.
Garrafa de plástico inseparável. Água, leite, mezinha,
será...

Entre, Maria, a casa é sua.
Nem precisa mandar. Seus direitos sem deveres,
vai pela manhã e volta pela tarde.
Suas saias, seus botões, seus grampinhos, seu sério,
muda e certa.
Maria é feliz. Não sabe dessas coisas sutis e tem quem
a ame.

Uma família distinta da cidade, que a conheceu em
                                 tempos
dá referência: Maria tinha até leitura e fazia croché,
ponto de marca, costurava.
Tem a moça Salma, humana e linda, flor da cidade,
luz da sociedade goiana, ela preza Maria e fala
como fala a generosidade das jovens: Maria me contava
                                 estórias,
quando eu era pequena.
Fui carregada nos braços da Maria.

Meus filhos e netos quando chegam perguntam:
"E Maria, ainda dorme aqui?"
Todos gostam de Maria, e eu também.

Estas coisas dos Reinos
       da
cidade de Goiás.

Aquela Gente Antiga – I

Aquela gente antiga era sábia
e sagaz, dominante.
"Criançada, para dentro,"
quando a gente queria era brincar.
Isto no melhor do pique.
"Já falei que o sereno
da boca da noite faz mal"...
Como sabiam com tanta segurança
e autoridade?
Eram peritas em classificar as frutas:
Quente, fria e reimosa.

Quente, abriam perebas nas pernas, na cabeça,
pelos braços.
Fria, encatarroava, dava bronquite.
Reimosa, trazia macutena.

Aquela Gente Antiga – II

Aquela gente antiga explorava a minha bobice.
Diziam assim, virando a cara como se eu estivesse
distante:
"Senhora Jacinta tem quatro fulores mal falando.
Três acham logo casamento, uma, não sei não, moça
feia num casa fácil."

Eu me abria em lágrimas. Choro manso e soluçado...
"Essa boba... Chorona... Ninguém nem falou o nome
dela..."
Minha bisavó ralhava, me consolava com palavras de
ilusão:
Sim, que eu casava. Que certo mesmo era menina feia,
moça bonita.
E me dava a metade de uma bolacha.
Eu me consolava e me apegava à minha bisavó.
Cresci com os meus medos e com o chá de raiz de
fedegoso,
prescrito pelo saber de minha bisavó.
Certo que perdi a aparência bisonha. Fiquei corada
e achei quem me quisesse.

Sim, que esse não estava contaminado dos princípios
goianos,
de que moça que lia romance e declamava Almeida
Garrett
não dava boa dona de casa.

Meu Melhor Livro de Leitura

Estas estorinhas, sem princípio nem fim.
Estórias de Carochinha, edição antiga, desenho antigo,
          preto e branco.
Meus filhos, meus sobrinhos, meus netos... Minha
          descendência
tão linda e sadia, minhas raízes ancestrais, minha cidade.
Meu rio Vermelho debaixo da janela, janelas da vida,
          meu Ipê florido,
vitalizado pelo emocional de Clarice Dias.
Minha pedra morena. Minha pedra mãe. Quem assentará
          você
sobre o meu túmulo no meu retorno às origens de
          todas as origens?
Minha volta ao mundo na lei de Kardec...
Vou reviver na menina Georgina.
Estarei presente no meu dicionário, meu livro de amor
que tanto me ensinou e corrigiu.
Minhas estórias de Carochinha, meu melhor livro de
          leitura,
capa escura, parda, dura, desenhos preto e branco.
Eu me identificava com as estórias.

Fui Maria e Joãozinho perdidos na floresta.
Fui a Bela Adormecida no Bosque.
Fui Pele de Burro. Fui companheira de Pequeno Polegar
e viajei com o Gato de Sete Botas. Morei com os
anõezinhos.
Fui a Gata Borralheira que perdeu o sapatinho de cristal
na correria da volta, sempre à espera do príncipe
encantado,
desencantada de tantos sonhos
nos reinos da minha cidade.

Mãe Didi... Por onde vão os rumos de meus pensamentos,
sempre presente minha madrinha fada.
Eu a vejo em Mãe Didi.
Tia Nhorita, Didinha, seus farnéis inesgotáveis de
bondade,
de biscoito e brevidades,
sustentando Aninha, desamada, abobada e feia
caso perdido, pensavam todos.

O que vale na vida não é o ponto de partida e sim a
caminhada.
Caminhando e semeando, no fim, terás o que colher.

Cigarra Cantadeira e Formiga Diligente

Que tenho sido, senão cigarra cantadeira e formiga
                                                diligente
desse longo estio que se chama Vida...
Meus doces, meus tachos de cobre...
Meus Anjos da Guarda, valedores e certos.
Radarzinho... Meus fantasmas familiares, meus
                                                romanceados
de permeio à venda dos doces.
Antes, lá longe, no passado, parindo filhos e criando filhos
e plantando roseiras, lírios e palmas, avencas e palmeiras,
em Jaboticabal, terra de meu aprendizado de viver,
terra de meus filhos.
Minha gente de Jaboticabal. Meu Anjo da Guarda,
                                                Radarzinho,
atento ao tacho, tangendo as abelhas que se danavam
                                                nos meus doces,
dando aviso certo na hora certa. De outras me apagando
                                                o fogo,
um modo de ajudar que só Radarzinho sabia. Em outros
                                                tempos, muito antes

tinha já plantado um vintém de cobre que regava com
amor
na esperança de haver crias. Porção de vinténs
correndo para Aninha.

Meus fantasmas familiares do porão da Casa Velha
da Ponte.
A todos, tantos, agradeço neste livro de vintém o auxílio,
a alegria
que me deram o prazer daqueles que me ouviam
contar estas estorinhas,
romances de uma menininha que plantou num canteiro
sombreado,
milho, arroz, feijão, e alpiste.
E o irmão pequeno tinha um caminhãozinho de
brinquedo,
e enquanto a roça crescia, o menino crescia
e ele enchia o caminhão daquela lavoura crescida no
sonho da menina
que ia descarregar na máquina de seu Pinho, ali mesmo,
e voltava cheio de moedas e notas de cinco mil réis.
Aonde anda a menina Célia, minha neta, que gostava
de ouvir contar estórias
repetidas em repetição sem-fim?
Célia, a vida, você no passado, no presente e no futuro,
será sempre para mim aquela que um dia me ofereceu
suas economias de criança
para me ajudar na publicação de um livro...

Nunca Estive Cansada

Fiz doces durante quatorze anos seguidos.
Ganhei o dinheiro necessário.
Tinha compromissos e não tinha recursos.
Fiz um nome bonito de doceira, minha glória maior.

Fiz amigos e fregueses. Escrevi livros e contei estórias.
Verdades e mentiras. Foi o melhor tempo da minha vida
Foi tão cheio e tão fértil que me fez esquecer a palavra
"estou cansada".
Cansada talvez a lavadeira do rio Vermelho da minha
cidade.
Talvez a mulher da roça de São Paulo, nem mesmo ela.
Nunca ouvi da lavadeira a expressão "estou cansada".
Sim, seu medo: faltar a freguesa e trouxa de roupa para
lavar e passar.
Suas constantes, quando na folga: "Graças a Deus!"
Seu dia começava com a aurora e continuava com a noite.

Tive trabalhadores e roçados. Plantei e colhi por suas
mãos calosas.
Jamais ouvi de algum: "Estou cansado".

Fagueiros pela tarde, corriam para o ribeirão.
Trocavam suas camisas e sentavam para jantar.
Sempre identificados com a lavoura, interessados,
preocupados com o tempo bom ou mau.
Acompanhavam o progresso das lavouras e a festa das
colheitas.
Viam com prazer o paiol cheio e a tulha derramando,
embora não tivessem parte naqueles lucros.
Sentiam o bem-estar obscuro e desprendido
de todo "peão" que, trabalhando a dia, ajudados pelo
tempo,
veem o lucro da colheita e a vantagem do patrão.
Ponha sempre nas mãos do trabalhador, mesmo fraco,
uma ferramenta forte.
Observe o resultado. A boa ferramenta estimula o
trabalhador.
O trabalhador sente-se forte e seu trabalho se faz leve e
ele se esperta
e até mesmo canta, abrindo o eito, estimula os
companheiros,
joga pilhéria, graceja e alegra seus parceiros.

Estas coisas lá longe,
nos reinos da cidade de Andradina.

Meu Vintém Perdido

Que procura você, Aninha?
Que força a fez despedaçar correntes de afetos
e trazê-la de volta às pedras lapidares do passado?
Sozinha, sem medo, vinte e sete anos já passados...
Meu vintém perdido, meu vintém de felicidade.
Capacidade maior de ser eu mesma, minha afirmação
                                        constante.
Caminheira, caminhando sempre.
Nos meus pés pequenos,
meus chinelinhos furados.
Tão escura a noite da minha vida...
Indiferentes ou vigilantes.
Tanto tropeço.
Na frente, marcando o caminho a candeia apagada.

Procuro minha escola primária e a sombra da velha
                                        mestra,
com seu imenso saber, infinita sabedoria, sua arte de
                                        ensinar.

Quanto daria por um daqueles velhos bancos onde me
                                        sentava,

a cartilha de "ABC" nas minhas mãos de cinco anos,
quanto daria
por um daqueles velhos livros de Abílio Cezar Borges,
Barão de Macaúbas
e aquelas Máximas de Marquês de Maricá,
aquela enfadonha tabuada de Trajano,
custosa demais para meu entendimento de menina.
mal-amada e mal-alimentada...
Meus vinténs perdidos, tão vivos na memória...

Quando eu morrer, não morrerei de tudo.
Estarei sempre nas páginas deste livro, criação mais viva
da minha vida interior em parto solitário.

Tirei-os da minha solidão sem ajuda e sem esperança,
ao fundo, o relâmpago longínquo de uma certeza.
Recusada tantas vezes, até o encontro com a José
Olímpio em 1965.
Depois, treze anos de esquecimento.
Solidão, esperando se fazer a geração adolescente
que só o conheceu na sua segunda edição,
que ao final sensibilizou a geração adulta, que o recebeu
na primeira
em escassos cumprimentos.
Depois, o que tem acontecido a tantos: a vitória final.

Leitores e promoção.
Meu respeito constante, gratidão pelos jovens.
Foram eles, do grupo Gen, cheios de um fogo novo
que me promoveram a primeira noite de autógrafos
na antiga livraria Oió: Jamais os esquecer.
Miguel Jorge, nos seus dezessete anos, namorado firme
de Helena Cheim, também escritora e amiga de sempre.

Luís Valladares e tantos outros a quem devo
tanta manifestação carinhosa e generosidade.
Hecival de Castro, dezessete anos lá se vão corridos.

Detesto os que escrevem mal e publicam livros.
A linguagem escrita, simples e correta, deve dar a
                                    impressão
de alguém que sabe escrever.
A maior dificuldade para mim sempre foi escrever bem.
A minha maior angústia foi superar a minha ignorância.
Confesso com humildade essas verdades simples e
                                    grandes.
Sou mulher-operária e essa segurança me engrandece,
é o meu apoio e uma legitimação do que sou realmente.

A linguagem errada dos humildes tem para mim um
                                    gosto de terra
e chão molhado e lenha partida.
Jamais procurei corrigi-los como jamais tolerei o bem-
                                    -falante, exibido.
Já o nordestino, mesmo analfabeto, tem uma linguagem
                                    corrente,
fácil e floreada, encenada nos arcaísmos do idioma.
Tive uma empregada que só dizia "meicado".
Outra que teimou sempre em me dizer "Dona Coria".
Não criei obstáculos nem propus conserto. No fim,
quando me dirigia à primeira eu dizia: vai ao "meicado",
com medo de que ela se corrigisse. Achava aquilo
                                    saboroso,
como saborosa me pareceu sempre a linguagem dos
                                    simples.
Tão fácil, espontânea e pitoresca nos seus errados.

Três Deveres a Cumprir

Em regra o trabalhador volante, peão, requer três coisas –
Paga certa aos sábados, boia engordurada e tarimba de
dormir,
onde não haja piolho de galinha.

Um dia entrei num rancho que tinha cedido
para um trabalhador "bater" um capoeirão de um vizinho.
Olhei, num canto uma trempe apagada,
um caldeirão de feijão e carne-seca cozidos pela metade.
E a cama? Um jirau de forquilhas, no lastro, paus roliços,
de forro algumas folhas secas de bananeira,
travesseiro – uma telha retirada do beiral do rancho.

Esse mesmo trabalhador chamou um ajudante para
apressar o trabalho.
De mal jeito foi alcançado por um pé de pau.
O medo da responsabilidade no caso da invalidez do
companheiro,
internamento, médico, remédios, dias pagos.
Foram à cidade. Indiquei um médico amigo no sentido
de melhorar a situação.
Voltaram, nenhuma fratura, repouso apenas de uns dias.

Nosso sítio tinha abrigo disponível.
Um trabalhador ofereceu ao ofendido a própria cama e
seus panos.
Fui ver o doente e o que encontro: o dono da cama
com uma bacia d'água
lavando os pés do machucado para que não lhe sujasse
as cobertas.
Ele, o samaritano, já tinha arranjado uns baixeiros para
dormir no chão
ao lado da cama.
Estas e outras do viver dos humildes.

A vida tem a melhor expressão no trabalho constante
nem sempre remunerado, mas que seja contínuo.
O homem não aceita a ociosidade. Sofre com ela, é a
sua angústia maior.
As autoridades têm três deveres a cumprir: dar terra ao
homem da lavoura,
fixá-lo na gleba. Não consentir no seu desligamento do
meio onde foi criado,
ajudá-lo no possível. Ali na terra está a harmonia e
integridade
do grupo tribal. Tangidos para a cidade, é a desagregação
familiar,
a desilusão, a incompatibilidade urbana, o desarranjo
total, a perdição.
Nada do que imaginou se realiza e a unidade é destruída.

Na Fazenda Paraíso

Na Fazenda Paraíso, grandes terras de Sesmaria, nos dias
da minha infância ali viviam meu avô, minha bisavó
Antônia,
que todos diziam Mãe Yayá, minha velha tia Bárbara,
que era tia Nhá-Bá.
Essa governava a casa da cozinha ao coalho, passando
pela copa,
onde fazia o queijo com o coalho natural e guardava os
potes
sempre cheios de doce, e tinha uma pequena forma de
açúcar,
coberta de barro, inviolada para uso exclusivo dela e da
velha mãe.
Era um açúcar todo especial da garapa coada e mel
espumado.
Essa tia, que renunciara ao casamento para melhor
garantia
do seu lugar no céu, tinha se extremado em limpeza e
asseio,
zelo pela administração da casa, amor à capela da fazen-
da e cuidados com a velha mãe.

Tinha a sua horta, canteiros de couve e cebolinha verde,
salsa, hortelã e ervas-santas, milagrosas, de curar.
Pimenteiras não faltando, mostarda e sarralhas,
tomatinho por todos os lados.
Rodeando o cercado, plantas de fumo, suas flores rosadas,
rejeitadas das abelhas.
Suas roseiras, jasmineiros, cravos e cravinas, escumilhas,
onde beija-flores faziam seus ninhos delicados
e pingentes de outros ninhos, de um passarito amarelo
sem mérito cantor,
engraçadinho piador – o caga-sebo.
Nas mangueiras enfolhadas faziam seus ninhos
apanelados
e dobravam o canto inigualável, nas longas tardes de
outubro,
todos os sabiás dos reinos de Goiás.
Corria pelo meio da horta o rego-d'água e era o mundo
verde do agrião.
A terra era fofa, recoberta de uma camada espessa de
cana moída
e apodrecida, transformada em húmus, trazida da
bagaceira do engenho.
Era um feudo privativo da tia Nhá-Bá, portão fechado a
chave,
cerca impenetrável, era o seu reinado assistido pela Nicota
que trabalhava no terreiro.
Naquele vai e vem o dia todo meu avô dizia a ela: "Ocê
não cansa, mana?"
E a resposta invariável: "Quando durmo".

Minha bisavó, Mãe Yayá, passava o seu dia sentada
numa antiga mala encourada, e sobre esta estendido
um couro de lobo.
Trazia, também, tiras do couro e palhas roxas
amarradas em atilhos nas pernas para evitar cãibras.
Vivia, já naquele tempo, vida vegetativa, assistida pela
filha.
E meu avô, todos os dias, antes de outra iniciativa,
ia tomar a bênção à velha mãe, saber o que lhe faltava.
Ela requeria sempre uma braçada de lenha recortada,
cavaqueira que ele mandava do engenho de serra,
era agasalhado debaixo da mesa onde lhe serviam as
refeições.
Suas comidinhas apresentadas em pires e tigelinhas
antigas,
sua mesa sempre recoberta de toalha grossa de tear
marcada com pontos de cruz, pontos de marca, se
dizia, sua cama,
antiga marquesa, de sobrecéu e babados, ela, a velhinha
curvada,
passado no busto num chale de lã de cor indefinida de
velhice crônica.
Agasalho de frio e de calor.
Nos pés, chinelos e meias pretas, saia escura, uma bata
clara
abotoada no pescoço, mangas de punho.
Nas orelhas, uns brincos rebuçadinhos de preto, dizendo
luto permanente.
Eram periodicamente descobertos e de novo recobertos.
Isso, contavam os da casa, desde a morte do marido, já
passados muitos anos.

Essa matriarca era de uma saúde admirável
e não mais se intrometia na direção da casa.
Tinha um pitinho pequenino de barro, feito a capricho
pelas paneleiras do lugar.
O fumo era preparado por tia Nhá-Bá, colhido nas hortas.
Destaladas,
murchas as folhas, eram entregues à velha mãe que
fazia a torção
de forma especial, que só ela sabia fazer.
Eram postas para curtir num pequeno varal, num canto
remoto do oratório.
Ela governava aquilo e daquela reserva se fazia com
muita ciência
e pachorra, o torrado de meu avô. Trabalho esse
entregue a Nicota.

Daquela bisavó emanava um cheiro indefinido e
adocicado
de folhas murchas a que se misturavam fumo desfiado,
cânfora e baunilha.
Sua sala, onde passava o dia, tinha pelos cantos amarrados,
murchos, pendurados de folhas diversas. congonha-do-
-campo,
arnica da serra, folha-santa, artemísia e gervão, arrancadas
com as raízes que eram sempre renovadas pelos
moradores
que traziam seus agrados e respeito.
Tudo isso impregnava seus aposentos de um cheiro
característico
e vago que gostávamos de respirar e que, dizia meu
avô,

dava saúde à velha mãe.
Sua comidinha parca era repartida com os gatos
que ela, com uma vara fina e longa, mantinha em
disciplina.
Sua preocupação constante: saber das horas e se a serra
estava encoberta.
Qualquer resposta que lhe dessem, satisfazia.
Durante o dia eram suas várias caminhadas para a
cozinha.
Acender o pito, ali, alguém tinha que colher
e assentar na panelinha atochada de fumo uma brasinha
minúscula
que fumaçava agradavelmente. Todos na casa e na
fazenda
lhe pediam a bênção e veneravam a grande anciã.

De noite, frio ou calor, chuva ou relâmpago, trovões,
céu barrado de estrelas ou lua, clara como o dia,
vinha para o meio da grande varanda uma telha-vã
com um braseiro trazido pela Ricarda.
Uma braçada de cavacos ou sabugos de milho das
reservas de debaixo da mesa
Vinha antes o couro de lobo, estendia-se no centro de
um antigo canapé
forrado de sola negra, tacheado de tachas amarelas.
Tia Nhá-Bá trazia pelo braço a velha mãe,
fazia-a sentar no meio do vasto canapé,
aconchegava o chale, ajeitava o saquitel das coisas
misteriosas, inseparáveis
e acendia-se o braseiro.
De lado, bancos pesados, a mesa das refeições.

Meu avô puxava o tamborete da cabeceira, tomava
                                       assento.
Tio Jacinto vinha e se ajeitava, nós, gente menor,
                                  rodeávamos o fogo
sentadas em pedaços de couro de boi, pelo chão.
Gente grande nos bancos em fileira.

Ricarda, acocorada, alimentava o fogo.
Ficávamos ali em adoração naquele ritual sagrado,
que vem de milênios, de quando o primeiro fogo se
                                     acendeu na terra.
Contavam-se casos. Conversas infindáveis de outros
                                         tempos
e pessoas mortas.

Às tantas, vinha da cozinha o pote de canjica, bem-
                                   -cozida, caldo grosso,
colher de pau revolvendo aquele conteúdo amarelado
                                     ou todo branco.
Tia Nhá-Bá trazia da copa um pote bojudo, panela
                                     funda de barro,
cheia de leite com sua nata amarelada e grossa, a
                                     concha de tirar,
duas rapaduras cheirosas para serem raspadas.
Cada qual pegava seu prato fundo, tigela e colher.
Tia Nhá-Bá servia com abundância, canjica e leite,
                                     rapadura à vontade.
Comia-se ruidosamente. Repetia-se e ainda sobrava
                                   canjica fria e grossa,
gelatinosa, para o demanhã seguinte.
Ruim era para a criançada, quando se matava uma vaca
e se juntava ao cozido um tal chamado osso de corrê.

Meu Deus, botavam a canjica a perder. Ninguém
                                    suportava.
Só os mais velhos, exaltavam a sustância daquela mistura.
Era ruim com sal, pior com rapadura. A meninada não
                                    tolerava aquilo.
Gente do terreiro vinha buscar as sobras e levava o
                                    pote quase cheio.
Pelas nove horas amortecia o fogo. Ricarda cabeceava
                                    de sono.
O braseiro ia se cobrindo lentamente de cinza clara.
Cada qual procurando as camas, colchões barulhentos
                                    de palha em couro
pelo chão, dormida das melhores.
De tempos em tempos um cerimonial complementar,
a que a criançada queria assistir.
A queima dos feixes de ervas ressecadas, já trocadas
                                    por feixes novos.
Ricarda trazia a ramalhada. Tia Nhá-Bá ia lentamente
                                    arrumando
no braseiro esmorecido de jeito a evitar chamas,
e todo o casarão se enchia de uma fumaça de cheiro
                                    incomparável,
que de vez em quando me vem ao olfato da memória.
A velha matriarca, meu avô, tio Jacinto, nós todas,
tomávamos configurações fantásticas
naquele incensatório ritual e rústico.
Meu avô dizia que aquela fumaceira
que se esvaía lentamente pelos telhados e frestas,
desinfetava os miasmas e era a saúde da casa.

Dali caíamos num sono que o dia seguinte nos acordava
com o alarido dos pássaros e o berro das vacas crioulas,
muito diferente do mugido das raças casteadas.

Todo o gado da fazenda era crioulo e as raças eram
chamadas
toutina, caraúna, mocha, curraleira e outras.
Não se falava em castas importadas, não havia doenças
no gado,
esse parecia indene, era rústico e manso.
E o melhor para limpar de bernes e carrapatos era o sal
grosso, torrado,
e a salga geral se fazia uma vez por ano.
Era a vaquejada festiva. Vinha gente da cidade e vizinhos
das fazendas,
rapaziada roceira, na esperança de ver as moças,
alguns olhares, alguma conversa, possível noivado,
casamento.
Arrebanhavam o gado, traziam em correria para os currais.
Salgava-se, marcava-se a rês salgada cortando a ponta
da cerda.
Marcava-se a ferro quente a rês ainda desferrada.
Castravam-se os machos. Alguns castradores mais antigos
faziam,
num canto do curral, um braseiro e, ali, em espetos já
preparados,
assavam e comiam com farinha, sal, pimenta e limão, as
glândulas
espremidas dos garrotes. A casa via aquilo enojada.
Não participava.
Era prática, uso, entre castradores velhos. Prolongavam-
-lhe a virilidade.
As cozinheiras se danavam quando solicitavam panelas
para variar do assado. Pediam que as quebrassem depois
do uso.
Eles chacoteavam, lúbricos, e elas riam disfarçadas.

A casa da fazenda estava sempre cheia. Parentes da
cidade que traziam amigos,
caçadores que alegravam meu avô. Todo o terreiro se
movimentava
e os moradores recebiam carnes abundantes das caças
abatidas.
Os couros eram esticados com varas e pendurados de
alto a baixo
no grande varandado da frente da casa.

Meninos sem conta interessados na caça morta.
O forno de barro estava sempre aceso
e a copa e a mesa das refeições transbordavam da fartura
e da abundância da casa grande.

Havia no tempo, uma prática medicinal, prescrição
médica:
– Mudar de ares. Gente enfastiada, anêmica, insatisfeita,
nervosa da cidade, descorada, falta de apetite, vinham
tentar melhoras
nos ares sadios, no leite farto e frutas das fazendas.
Eram bem aceitos e se fazia a grande hospitalidade
antiga.
Tudo de melhor para os hóspedes. Havia mesmo na
fazenda dois quartos
chamados quartos de hóspedes.
Deixávamos as camas, passávamos a dormir no couro,
o que adorávamos,
nos colchões barulhentos de palha nova que ajudávamos
a rasgar.
Um forro grosseiro e uma coberta de tear bastavam
para nós.

Dormíamos de três a quatro juntas, e que sono!
Acordávamos cedo e corríamos para o curral.

Copos e canecas na mão e o primeiro apojo espumado
                                        e morno
tinha um gosto renovado e puro.
Depois, o mundo do engenho. A garapa da cana
                                        serenada,
a garapa fervida, o melado com mandioca cozida no
                        respiradouro da fornalha,
"forrando o estômago" para o almoço às nove horas,
                                        invariavelmente.
Aqueles hóspedes ganhavam novas cores, nutrição,
                                nesse regime de fartura
e ares puros. Banhos nos ribeirões, passeios pelos campos.
Comiam fruta do mato, carne de caça, leite de curral,
                                ovos quentes, gemada,
transbordando os pratos de mingau de fubá fino, de
                                milho canjica.
Café com leite, chocolate, a que se adicionavam gemas
                                batidas, ovos quentes.
Tudo substancial e forte. Voltavam outros para a cidade,
carregando ainda lataria de doces e frutas do quintal,
                                ovos, frangos
e queijos. Era a regra do tempo. Aqueles hóspedes
                                alegravam
e se tornavam amigos, prometendo voltar.
Quando a gente menina esquecia alguma regrinha da
                                boa cortesia,
era chamada de parte, corrigida, admoestada,
acima de tudo nos velhos tempos,
os deveres sagrados da hospitalidade.

"Ô de Casa!"

Havia na roça umas tantas práticas que se cumpriam
                                    religiosamente,
Os chegantes: "Ô de casa". "Ô de fora. Tome chegada,
                                    se desapeia."
O viajante, estranho ou não, descia do animal.
Rebatia o chapéu, tirava, pedia uma parada de um dia
                                    ou mais,
vinha de longe, de passagem, os animais esfalfados.
Um dia de descanso, um particular com meu avô e dono.
Meu avô fazia entrar, seu escritório, mesa de escrever
                                    vasta,
recoberta de encerado, duas gavetas, suas chaves
                                    sempre esquecidas
na fechadura. Um relógio antigo de caixa. Duas malas
                                    encouradas,
cheias de papéis, antigas cartas amarradas em maços e
                                    soltas.
Um óculos de alcance proibido às crianças. Suas armas
                                    de caça,
patrona, polvarinho, chumbeiro, tufos de algodão,
                                    espoletas,

algumas armas desusadas, outras de uso, penduradas

num cabide alto,

fora do alcance da meninada.

Ali, o viajante se identificava melhor. Se desarmava,
entregava suas armas de cano e de cabo ao dono da casa.
Era preceito social. Meu avô aceitava ou não,
conforme o seu conhecimento do visitante. Recolhia

numa das gavetas

para restituir na saída. De outras, pessoas conhecidas,

de conceito,

meu avô não consentia que lhe entregassem os ferros.

Que ficassem com eles,

alta confiança. Recusavam sempre. Pediam a meu avô

que os guardasse

em confiança e meu avô atendia, mostrava-lhes a gaveta,
quando os quisessem, ali estavam.

Também de praxe na partida, na montada, meu avô

descia os degraus,

segurava o estribo, honra maior concedida a uns tantos

em cerimonial

competente e rústico, estas coisas... Ajudar também

uma senhora

a montar no seu Cilhão, oferecer-lhe o apoio da mão

espalmada

e ela, sutil, prática, num leve apoio passava para a sela

adequada.

Também oferecer-lhe o estribo. Todo este ritual era

cumprido com rigor

e os jovens, mesmo analfabetos e rústicos, aprendiam e

praticavam.

Normas de cortesia roceira com seu toque romântico de
boas maneiras.

Acontecia à noite, alta noite com chuva, frio ou lua clara,
passantes com cargueiros e família darem: "Ô, de casa..."
Meu avô era o primeiro a levantar, abrir a janela:
"Ô de fora... Tome chegada."
O chefe do comboio se adiantava:
"De passagem para o comércio levando cargas, a patroa
perrengue,
mofina, pedia um encosto até 'demenhã.'"
Mais, um fecho para os "alimais".
Meu avô abria a porta, franqueava a casa.
Tia Nhá-Bá, de candeia na mão, procurava a cozinha,
acompanhada de Ricarda sonolenta. Avivar o fogo,
fazer café, a praxe,
Aquecer o leite. Meu avô ouvia as informações. Não
especulava.
Oferecia acomodação, no dentro, quarto de hóspedes.
Quase sempre agradeciam. Se arrumavam ali mesmo
no vasto alpendre coberto.
Descarregavam as mulas, encostavam a carga.
Tia Nhá-Bá comparecia, oferecia bacião de banho à
dona, e aos meninos, quitandas.
Aceitavam ou não. Queriam, só mais, aquele encosto,
estendiam os couros, baixeiros, arreatas, se encostavam.
Meu avô franqueava o paiol. Milho à vontade para os
animais de sela, de carga.
Eles acendiam fogo, se arranjavam naquele agasalho
bondoso, primitivo.

Levantávamos curiosas, afoitas, ver os passantes.
Acompanhá-los ao curral, oferecer as coisas da casa.
Ajoujavam os cargueiros, remetiam as bruacas nas
cangalhas.
Faziam suas despedidas, pediam a conta das despesas.
Meu avô recusava qualquer pagamento – Lei da
Hospitalidade.
Os camaradas já tinham feito o almoço lá deles. Já tinha
madrugado
para as restantes cinco léguas. Convidava-se a demorar
mais na volta.
Despediam-se em gratidão e repouso.
Era assim no antigamente, naqueles velhos reinos de
Goiás.

Dona Otília

Ninguém sabia porque. Ela tinha pegado nome de
gente,
acrescido mais de dona. Era Dona Otília. Até os
trabalhadores
que iam ao quarto dos arreios buscar qualquer pedaço
de corda,
velhas ferramentas, achavam graça nela.
Sempre no seu canto, deitada ou especada,
cochilando ou de olho redondo e vivo, acomodada no
seu canto.
Aconteceu sim, que aconteciam dessas coisas lá na
fazenda, vez por outra, uma galinha sadia e botadeira
dava de ter suas dificuldades
de soltar naturalmente o ovo. Ficava pelos cantos do
terreiro mal conformada,
tentando com o próprio esforço e ajuda da mãe natureza
sair da entalada.
Às vezes morriam, sumiam, pouca falta faziam. Eram
tantas...
Cacarejantes, cristas vermelhas, alegres procurando os
ninhos,

arrastando ternadas de pintos de todos os tamanhos,
chocando pelos matos, constantemente voltavam ao
terreiro,
comboiando ternadas de pintos.
Quando não eram os galos que as traziam.
Galos cantores, bem empenados,
desses que cantavam até encostar o bico no chão.
Donos das madrugadas, respondendo a todos os poleiros
do mundo,
dominavam com a sua plumagem, esporões e cristas
vermelhas
o terreiro da fazenda.
Voltando às galinhas doentes, às vezes vinha socorro
quando Siá Balbina e Nicota davam pela coisa.
Elas traziam de olho a criação e entendiam das chocas.
Aplicavam seus remédios, diagnosticavam,
no entendimento que vinha da ignorância esclarecida
pela prática.
Ovo atravessado. Caso às vezes complicado, ovo
quebrado,
oveiro de fora, muito pior. Pegavam a galinha, facilmente,
sem mais possibilidade de fuga, levantavam pelas pernas,
davam uma sacudidelas de lá pra cá
debaixo para cima, num movimento de quem estivesse
socando.
Era num instante, ovo pra fora e a galinha restaurada, solta,
meio estonteada, mas já aliviada.
Sim, que passava uns dias sem botar,
depois entrava na rotina, vermelha a cantarolar botando.
Não tão fácil a de ovo quebrado.
Com essa era a cirurgia mais complicada,

onde entrava azeite de mamona e a manobra dos dedos
                                                    sábios
tirando de dentro as cascas do ovo quebrado, sabe-se
lá por quê.

Recuperava-se, às vezes, e era condenada à panela,
ficava estéril, improdutiva.
Foi o que aconteceu com D. Otília.
Em observação, depois da penosa delivrance por conta
de Siá Balbina,
foi largada no quarto dos bagulhos. Pegado ao paiol
era morada tranquila de ratos abundantes, não faltando
                                                    milho.
No canto mais discreto, sabiamente canto da porta,
acomodou-se a galinha operada. Ninguém mais se
                                        lembrou dela
sem esquecer que Siá Balbina proveu uma cuia d'água.
O tempo deu o seu giro, e muita coisa se passou na
                                        Fazenda,
entre donos, moradores e criação miúda.

E foi que certo dia, com admiração de todos, apareceu
                                        D. Otília
na porta do quarto, desceu mesmo o batente
e se especou contra o baldrame e ali ficou atenta,
vendo a galinhada, companheira,
catar as mancheias de milho que Siá Balbina atirava
                                        para os lados.
Foi geral o espanto. Até as companheiras de papo cheio,
na passagem para se abrirem pasto afora, paravam e
                                        segredavam
com ela, bico a bico. De certo se alegravam, se
                cumprimentavam entre elas.

Mesmo o galo carijó ao passar fez menção de arrastar
a asa. Foi um espanto. D. Otília deu de deixar o canto
                        escuro do seu resguardo
e vir todos os dias se especar contra o baldrame,
tomando sol, participando, à sua moda.
Foi aceito que não teria destino de panela e ficasse de
                             observação.
O terreiro reconheceu seus direitos à permanência.
O tempo ia passando e D. Otília deu de cantarolar e
                        mudar de cores.
Plumagem nova, crista e barbelinhas vermelhas,
olhinhos vivos, orelhinhas brancas,
era dessa nação de galinha carijó de orelhas brancas.
Siá Balbina assuntando, às vezes resmungando, se
                        benzendo.
Siá Nicota, segredando com Siá Balbina, sacudia a
                        cabeça descrente.

Aconteceu que depois de um sumiço de que foi
                    novamente esquecida,
num dia de sol, D. Otília aflorou na porta do paiol,
especada no baldrame, toda compenetrada, chamando
                        choco
e com uma réstia de pintos pretos de pontinha de asa
                        branca,
tirando para empenados carijós.
Siá Balbina conversou com a Nicota: "Num falei Nicota...
Suncê perdeu a aposta, tudo raça do galo carijó.
O sem-vergonha que não respeita nem galinha doente."
Ao que retrucou a Nicota:
"Foi bão, Bá. Deixou ela sadia."

O Triângulo da Vida

Minha bisavó não falava errado, falava no antigo,
ficou agarrada às raízes e desusos da linguagem
e eu assimilei o seu modo de falar.
Ela jamais pronunciou "metro", sempre "côvado" ou "vara".
Nunca disse "travessa" e sim "terrina", rasa ou funda
                                        que fosse,
nunca dizia "bem-vestido", falava – "janota" e "fama" era
                                        "galarim".
Sobraram na fala goiana algumas expressões africanas,
                                como Inhô, Inhá,
Inhora, Sus Cristo. Muito longe a currutela dos negros
que seus descendentes vão corrigindo através de gerações.

Nada tão real como a apóstrofe do gênesis:
"Tu és pó e ao pó retornarás".
O homem foi feito do barro da terra.
Sim, ele foi feito de todos os elementos que formam a
                                        Terra,
que contêm vida e de onde, na desintegração da morte,
                                        volta
para o todo Universal. E a vida não sendo senão resultante
do meio magnético que compõe o Cosmos.

Um dia, o curto-circuito e a sensação de esmorecimento
e decadência,
a quebra do ritmo vital,
a paralisação total.
O meio físico é todo magnético
e somos acionados por esta corrente fluídica e contínua.
O que dá vida à semente, aquilo que vulgarmente se
diz o coração
e que a genética determina germe vital, onde se
concentra a força magnética
que em contato com o magnetismo da terra, água e ar,
faz o milagre da germinação, a súmula da própria vida
acionada
pelo poder criador que é a presença invisível de Deus.
Tudo o que somos usuários vem da terra e volta para a
terra.
Terra, água e ar. O triângulo da vida.

Semente e Fruto

Um dia, houve.
Eu era jovem, cheia de sonhos.
Rica de imensa pobreza
que me limitava
entre oito mulheres que me governavam.
E eu parti em busca do meu destino.
Ninguém me estendeu a mão.
Ninguém me ajudou e todos me jogaram pedras.

Despojada. Apedrejada.
Sozinha e perdida nos caminhos incertos da vida.
E fui caminhando, caminhando...
E me nasceram filhos.
E foram eles, frágeis e pequeninos,
carecendo de cuidados,
crescendo devagarinho.
E foram eles a rocha onde me amparei,
anteparo à tormenta que viera sobre mim.

Foram eles, na sua fragilidade infante,
poste e alicerce, paredes e cobertura,
segurança de um lar

que o vento da insânia
ameaçava desabar.
Filhos, pequeninos e frágeis…
eu os carregava, eu os alimentava?
Não. Foram eles que me carregaram,
que me alimentaram.

Foram correntes, amarras, embasamentos.
Foram fortes demais.
Construíram a minha resistência.
Filhos, fostes pão e água no meu deserto.
Sombra na minha solidão.
Refúgio do meu nada.
Removi pedras, quebrei as arestas da vida e plantei roseiras.
Fostes, para mim, semente e fruto.
Na vossa inconsciência infantil.
Fostes unidade e agregação.

Crescestes numa escola de luta e trabalho,
depois, cada qual se foi ao seu melhor destino,
E a velha mãe sozinha
devia ainda um exemplo
de trabalho e de coragem.
Minha última dívida de gratidão
aos filhos.
Fiz a caminhada de retorno às raízes ancestrais.
Voltei às origens da minha vida,
escrevi o "Cântico da Volta".

Assim devia ser.
Fiz um nome bonito de doceira, glória maior.
E nas pedras rudes do meu berço
gravei poemas.

Lampião, Maria Bonita... e Aninha

Tenho na parede de minha sala um pôster de Lampião,
                                    Maria Bonita
e cangaceiros. Sempre desejei um retrato de Lampião.
Pedi a muitos, inclusive a Jorge Amado, quando esteve
                                    em nossa casa.
Foi uma cearense que tinha uma boutique em Brasília,
                                    Boutique Lampião,
que me mandou do Ceará.
Também o medalhão do padrinho Cícero.
Por quê?
Não os conheci pessoalmente. Não conheço o Nordeste.
O carisma... tão somente.
Acontece que sou filha de pai nascido na Paraíba do Norte
e de mãe goiana.
Assim, fui repartida.
Da parte materna, sou mulher goiana, descendente de
                                    portugueses.
Do lado paterno, minha metade nordestina, eu um
                                    pouco cangaceira.
Daí, Lampião, Maria Bonita, seus cabras e o padrinho
                                    Cícero
na parede da minha casa, com muito agrado.

Filha de mãe goiana.
Meu pai nordestino.
Está na pedra do seu túmulo, no velho São Miguel.
Nascido na Paraíba do Norte. Areia.

Meu Pai me trazia nos seus alforges.
Minha mãe me trazia nos seus secretos embriões.
E um dia... um dia houve.
O sêmen, espermatozoides, avançaram
pela trompa.

Pela rampa desceu o óvulo fecundado.
Meio a meio, Aninha.

Do paterno sou mulher rendeira,
sentada na esteira,
minha perna encolhida, minha perna dobrada,
minha perna estirada.
Minha saia sungada, minha coxa de fora
batendo meus bilros
tecendo, marcando pontos
de uma renda do norte, uma renda sem fim.

A dura almofada, redonda sem cor.
Sua amostra pregada, alfinetada.
Espinhos agudos de mandacaru.
Minha renda rendendo, dobrada, estirada, enrolada.
Meus sonhos desenrolados
e a dança cantada dos bilros,
trocando, batendo, cantando
uma dança de sonhos.

Meu homem lá na labuta...
na baixa, furando a terra.
Afundando a cacimba
buscando água.
O cabrinha rente
aprendendo a vida.

E um cheiro de cajá maduro
e um canto de galo distante
e um zurro de jegue damasco
do cercado da comadre.

Passou o caminhão, cacho de gente.
Paus-de-arara.
"Bamos simbora m'ermã..."
"Ainda não. A cacimba tá dando água.
Ao depois."

O caminhão parte.
Parte meu coração
ver partir tanta gente forte, corajosa,
largar seus roçados tangidos da seca, da sua casa
do seu cercado.
Gente que procura trabalho, só quer trabalhar.

Na mombaça o mundo se acabando.
O estirão da estrada, alastrados e calumbi,
lado a lado.
Eu ali, enredada, partilhando, compartilhando
convivendo com a seca, asselvajada.

Meu homem esperando, devotado ao Juiz do Sertão.

Daí Lampião, Maria Bonita, cangaceiros, padrinho
Cícero
na parede da minha casa.
Aninha... meio a meio mulher goiana, mulher rendeira
cangaceira, assimilação
consciente ou não.

Meu Tio Jacinto

Meu tio Jacinto era muito inteligente, astucioso e aluado,
dizia a gente do terreiro. Inventava coisas e era
                              competente demais
em algarismos e charadas.
Estudou no antigo Seminário do Caraça.
Saberá um estudante de hoje o que era o Caraça? Sair
                              de Goiás
a cavalo, entrar em Minas e chegar ao Seminário do Caraça,
nas brenhas mineiras...

Não, são coisas por demais remotas que gente moça
                              ignora.
Esse tio lá esteve junto ao irmão mais velho, o mano
                              Antônio.
E não era assim tão fácil. Uma demorada troca de
                              correspondência
entre o pai que pretendia lugar aos filhos e o reitor e
                              sub-reitor
do velho seminário. E ainda mais, correspondência
levada de mão por pessoa competente.

Meu tio Jacinto foi acometido de uma doença nos olhos
e teve que deixar o seminário levado para a Corte.
Hospedar-se na casa do correspondente e tratar da vista,
perdeu uma e ficou bem servido da outra.
Era ateu e chamava por satanás nos seus dias de lua.
O mano Antônio terminou os estudos, voltou a Goiás
e numa caçada de perdiz, um desastre de espingarda o
               levou.
Meu tio Jacinto desistiu do seminário e voltou para Goiás.
Mais tarde casou-se com moça da Aldeia e por impre-
           visto que pareça,
devolveu a recém-casada ao pai. Ninguém nunca
        soube o porquê.
Certo foi que amanheceu com a desposada na porta do
            sogro.
Ajudou a jovem a descer do animal, entrou com ela na
        casa e lá, sem palavra,
a deixou entregue ao pai.
Levava o cargueiro e suas coisas.
Um escravo desceu tudo, saltou na cangalha e
      acompanhou seu senhor
na volta para a fazenda.
Meu tio se achou de novo na Fazenda Paraíso em
        mudez fechada.
Ninguém se achou com direito de perguntar
e ele nunca se referiu ao acontecido.
Foi um mau sonho que procurou esquecer.
Não morava na casa grande. Para o casamento
      separou-se numa pequena,
feita a capricho, de tábuas.
Ajudava meu avô na serra e no engenho de cana

e seu prato fundo ia da casa grande e o leite que
                    quisesse do curral.
Era respeitado e conhecia todos os ofícios. E sua
                    matemática era avançada.
Gostava de charadas, matava na hora, pressagiava o
                    tempo e nunca se enganava.
Tinha muito saber e fazia cálculos avançados.
Vendo uma das toras descarregadas na cascalheira do
                    engenho,
ele cubicava e dizia a meu avô:
"Vai dar tantas dúzias de tábuas", e nunca errava.
Era quem travava a serra e encabava toda a ferramenta
                    do serviço,
mantinha os carros de bois e carroção em ótimo
                    funcionamento.
Fazia trabalhos em chifre de boi, todos os guampos
                    do curral
e trompas de caça e vasilhame que se usavam no
                    engenho e no monjolo
eram feitos por ele.
Tinha a faculdade ingênita para qualquer artesanato.
Eram os primeiros tempos do Espiritismo em Goiás,
suas primeiras experiências, a mesa de invocação.
Meu tio gostava da teoria e logo fez a mesa, leve,
                    misteriosa,
de madeira fina e caprichada, e pôs a funcionar.
Sempre à noite, a gente apoiava de leve as pontas dos
                    dedos,
concentrava, rezavam todos o Pai-Nosso, invocava-se
                    um espírito
escolhido da família e por meio de batidas marcadas,

estabelecia-se conversa e identificava-se o espírito
                                    presente.
Falava-se em médiuns e mediunidades.
Estava muito comentada no tempo Eusápia Paladino,
que transmitia pela sua mediunidade
informações impressionantes do outro mundo.
Assinavam-se revistas espíritas.
Meu tio chamava sempre por satanás e era o que se
                                    dizia no tempo,
Anticlerical.
Um dia esse tio entendeu de invocar o espírito das
                                    trevas, satanás.
Que desse sinal de presença em movimentos da mesa,
sem a previsão costumeira de oração.
Acreditem, a mesa disparou em batidas incessantes.
Nós, que tínhamos aquelas práticas um tanto em
                                    brincadeira,
nos afastamos amedrontadas. Tia Nhá-Bá se fechou na
                                    Capela.
Meu avô pediu ao mano que acabasse com aquilo...
Tio Jacinto mandou que o espírito imundo se retirasse.
A mesa continuou suas pancadas insistentes.
Aí ele mandou em nome de Deus Todo-Poderoso,
                                    que o mau se retirasse
e foi que a mesa fez um retorcido, estalou a madeira
e se reduziu a um monte de lascas.
Todos apavorados. Meu tio soturno e cabisbaixo.
Aí meu avô proibiu mesinhas de invocar espíritos na
                                    fazenda
e que nunca mais se falasse ali o nome de satanás.

Naquela noite fomos dormir apavoradas. Os adultos
achavam
que meu tio estava ainda numa terceira reencarnação
em caminho demorado de aperfeiçoamento
e tinha um "encosto" que o dominava,
arruinando as orações fervorosas da mana Bárbara,
tia Nhá-Bá,
incansável de pedir a Deus a conversão da ovelha negra.
À palavra satanás, a tia fechava-se na capela em oração,
ajoelhada e de braços abertos, por conta dos pecados
do irmão.
Certa de que ela tinha uma escrita com o céu,
o compromisso de salvar a alma do mano em caminho
marcado
para estada longa no purgatório, quando não vitalícia
no inferno.

As Maravilhas da Fazenda Paraíso

No terreiro rústico da Fazenda Paraíso,
nos anos da minha adolescência,
era certa e esperada aquela comunicação anual.
A volta dos casais de João-de-Barro,
para levantar suas casinhas novas
nos galhos do grande jenipapeiro.
Raramente retocavam alguma casa velha
das muitas que resistiam pelas forquilhas.
Preferiam fazer novas. Chegavam em alarido,
gritadores alegres. Gente de casa, dizia rindo meu avô.
Era o tempo sagrado da reprodução.

Todo o terreiro se alegrava e acompanhava com ternura
aquela querência, o labor daquelas construções,
o esforço daqueles passarinhos.
Nada mais expressivo do que o João-de-Barro e sua
                                        companheira
procurarem o rego d'água, amassarem o barro com o bico
e, com as garrinhas, voarem com as pelotas
e darem começo à casinha, orientada para o sul,
trazendo de começo sua divisão interna,

a camarinha do amor onde renovavam
e defendiam sua espécie.

Ao amanhecer do dia, eram os primeiros a dar as horas
e partirem para o trabalho.
Era aquela matinada. O sol dourando a serrania azul,
distante.
O terreiro serenado. O fogo alegre dos moradores.
Bandos de papagaios em formação ritmada e alta
se mandando para as matas do outro lado.
Araras azuis e vermelhas, aos pares, voando mais baixo,
gralhando, acompanhando o bando alto, verde, em
mesclas de ouro.
Esperávamos a volta pela tarde, na mesma formação
esquadriada,
enquanto as andorinhas esvoaçavam aninhadas
nos beirais do velho casarão.

Vinha dos campos e da mangueira um cheiro fecundo
de vegetais e de apojo, mugidos intercalados da vacada,
que à tarde mansamente descia dos pastos,
procurando a frente da fazenda.
O terreiro rústico participava desses encantamentos.
Naquela comunhão sagrada e rotineira, a gente se
sentia feliz
e nem se lembrava de que não havia nenhum dinheiro
na casa.

Pela manhã, muito cedo, meu avô ia verificar o moinho
de fubá
de milho, o rendimento da noite.
O velho e pesado monjolo subia e descia compassado,

escachoando água do cocho, cavado no madeirame
pesado e bruto.
Siá Balbina – madrugava no posto,
fumegando seu pito de barro, de cabo longo.
Comandava com velha prática, vaidade e prepotência,
o monjolo, o forno de barro, a farinhada.
Tinha umas tantas galinhas, acostumadas à sua volta.
Certo que ela fazia uns fojos à sua moda,
organizava os ninhos e eram ninhadas de ovos e
pintalhada
criada mansamente à sua volta.
Com isso, ela supria a mesa dos melhores frangos
e galinhas velhas, para a canja do meu avô.
Ciríaco, seu filho, mulecote, afilhado de meu avô, no curral,
separava os bezerros e ajudava o vaqueiro Fortunato
a baldear para as copas os potes de leite espumado.

Siá Nicota, mulher do vaqueiro, era encarregada
dos queijos, requeijão e coalhadas para a merenda.
Tomava conta do terreiro e da galinhada de fora do
monjolo.
Sabia curar o gogo e ovo virado, oveiro caído.
Era responsável pelos frangos da panela
e separava as velhas galinhas condenadas.
A vacada solta partia para os campos e barreiros salitrados.
Os bezerros cabritando, cabo levantado.
Animais raçoeiros bufavam nos cochos.
Rolinhas em bando mariscavam na casa do monjolo,
cantando suas comidinhas fartas.
Pelos coqueiros altos, gritavam bandos vagabundos de
João-Congo,
Beija-flores, povis, garrinchas e caga-sebos, tico-ticos
familiares

penduravam seus ninhos pelas pontas.
Na horta, tia Nhá-Bá colhia couve para o almoço e
                              flores para a capela.
Tudo era vida no terreiro interno do casarão.
Seriemas dos cerrados confraternizavam-se com as
                                        galinhas
na ração do milho.
No rego-d'água as patas ensinavam natação aos
                              patinhos penujentos.
Galos velhos e novos comboiavam a galinhada para
                              os pastos.
E partia das mangueiras e abacateiros frondosos o
                       arrulho gemido da juriti.

Às sete horas, vinha para cima da grande mesa familiar,
rodeada de bancos pesados e rudes, a grande panela
                              de mucilagem,
mingau de fubá canjica, fino e adocicado,
cozido no leite ainda morno do curral.
Era o primeiro repasto do dia, que meu avô presidia
como um velho chefe patriarcal na cabeceira da mesa,
sorvendo de permeio, goles de café amargo.
Às nove horas, vinha o almoço. Uma toalha grossa de tear
recobria o taboado escuro.
Meu avô dizia curta oração. Nós o acompanhávamos
com o prato e a colher na mão.
Ele era servido, depois os pratos iam sendo deslocados
um a um, primeiro os mais velhos.
Minha bisavó Antônia Mãyáyá, mãe de meu avô,
                              octogenária,
tinha sua mesinha separada na parte da casa que
                       ocupava com Nhá-Bá.

Esta, irmã de meu avô, em moça, renunciara ao
                    casamento, primeiro:
oferecer sua virgindade à Santa Mãe de Jesus,
ter garantido seu lugar no céu, depois, para cuidar da
                    mãe na invalidez.
Havia esta Lei familiar em Goiás.
– uma das filhas renunciar ao casamento
para cuidar dos pais na velhice e reger a casa.

Tinha a seu cargo além da direção da casa, da despensa,
do provimento de doces, coalho, quitandas variadas,
a ordem e o zelo da capela.
De ajudante, Siá Nicota. Esta e Siá Balbina e Ricarda,
molecota, eram chamadas Pé de boi do terreiro.
Mãe-Preta comandava a cozinha. Comia-se com vontade
e comida tão boa como aquela nunca houve em parte
                    alguma.
O arroz, fumaçando numa travessa imensa de louça antiga,
rescendia a pimenta de cheiro. O frango ensopado em
                    molho
de açafrão e cebolinha verde, e mais coentro e salsa.
O feijão saboroso, a couve com torresmos, enfarinhada
ou rasgadinha à mineira, mandioca adocicada
e farinha, ainda quentinha da torrada.

Comia-se à moda velha. Repetia-se o bocado, rapava-se
                    o prato.
Depois, o quintal, os engenhos, o goiabal, os cajueiros,
                    o rego-d'água.
Tínhamos ali o nosso Universo. Vivia-se na Paz de Deus.

Eram essas coisas na Fazenda Paraíso.
E como todo paraíso,
só valeu depois de perdido.

Visitas

Chegavam visitantes à fazenda.
As notícias... novidades, assunto da terra.
Gados, criação, preços, mercado de Goiás, safra,
roça, paióis, doença.
Corríamos a fazer café, oferta de praxe.
Depois, aquelas conversas infindáveis, invariáveis,
coisas da lavoura. Previsão de colheitas, situação das
roças,
produção dos engenhos, doenças.
Cobras, também eram assunto.
Tinha-se muito medo de cobra. A mordida, o tratamento
na base de fogo impressionava o juízo dos moços.
Atava-se a perna ofendida, parar a circulação.
E na mordedura assentar uma brasa viva até a carne do
padecente
cheirar a carne assada. E mais benzimentos, chá de
couro de lobo.
O doente não morria, mas levava meses para cicatrizar
aquela queimadura
profunda. Os benzedores eram respeitados e bem
aceitos.

Viviam envoltos num carisma sobrenatural. Tornavam-
-se lendários.
Não só benziam mordedura, como também mandavam
para longe as cobras
Tinham fama e eram solicitados. Não podiam cobrar,
aceitavam o que lhes dessem. Casos de curas
maravilhosas.
Aquele que fosse curado pelo benzimento não devia
nunca mais matar cobra.
Também o dono da fazenda de onde elas fossem tiradas
e o próprio benzedor deviam acatar a mesma previsão.
A pessoa curada portava uma vara, onde havia entalhada
uma cobra
para enxotar de longe as que encontrasse no seu caminho.

Fazendas e algumas lojas de Goiás cultivavam uma
caninana que passeava pelos altos se alimentando de
ratos e morcegos.
Era cobra mansa, não venenosa. Diziam: Cobra-Gata.
Regra das fazendas do tempo velho: ajudar a carregar
rede de defunto.
Esta viajava sempre de noite, com frio, para chegar na
cidade de madrugada.
Era de regra atender o chamado triste, soturno,
na calada da noite.
Um grito lamentoso e sinistro que todos, fazenda e
moradores, ouviam e entendiam.
Levantavam alguns, apanhavam qualquer animal
que estivesse solto. Passavam serigote, montavam, e
pelo rumo do apelo
ligavam-se ao grupo em correria, montando e
desmontando sempre.

Não podiam era parar. Alguns iam até o destino final.
Aldeia, Goiás ou Curralinho, se trocando no varão
                              amarrado à rede,
onde ia o morto. Os do varão corriam a pé, na frente,
até onde dava o fôlego.
Passavam a rede para aqueles que, rápidos, desmontavam,
e assim, até o fim da jornada.
Meu avô dava ordem: pegar o primeiro animal solto,
                              passar o lombilho
ou simples baixeiro. Focinhar de corda ou cabresto.
                              Não negar ajuda.
Nem todos iam até o fim, dependendo de mais ou
                              menos carregadores.
Iam numa correria até o cemitério.
Assim era a solidariedade dos humildes.

Chegava alguém à Fazenda Paraíso.
Pela risada franca, alegre e alta, sabia-se,
era seu Manoel Candinho, amigo de meu avô,
caçador inveterado, contador de casos e causos, reais e
                              imaginários.
Era recebido com agrado, dos grandes e da meninada.
Trazia sempre alguma coisa de presente.
Rapadura de leite deliciosa, bonecas de engenho
temperadas com folhas de figo, ninhadas de ovos
                              escuros de perdiz,
Morava nas terras de meu avô, na Fazendinha,
assim chamado o lugar, de bons pastos,
águas fartas e cultura.
Era ativo, tinha a sua engenhoca.
Enformava rapadura, destilava seu alambique de pinga

e purgava suas dez fôrmas de açúcar, branco e mascavo.
Levava ao comércio (cidade) ou vendia na aldeia,
                              (Mossâmedes)
onde não havia fiscalização nem exigência de selo.
Tinha seu fumal caprichado e torcia um fumo ruivo,
tido como especial com compradores na porteira.
Do resto dava uma demão ao meu avô sempre que
                                        precisava.
Multiplicava seu tempo, emendava o dia com a noite,
                                        incansável.
Murmuravam os invejosos: quem fez tudo na Fazendinha
é a mulher e os filhos...
"Pé de boi" no trabalho. Ao que desmentia meu avô:
Nunca cheguei lá sem ser esperado que não
                encontrasse o Manoel agarrado
no trabalho. Ele, a mulher e os filhos. Uma "roda-viva"
                                sem parada.
Assim fossem todos.

Toda família de Manoel Candinho era estimada da
                                Fazenda,
e não poucas vezes íamos até lá de passeio e era uma
                                festa alegre.
Voltávamos carregados com as ofertas daquela
                produção modesta e constante.

O Longínquo Cantar do Carro

Dizia meu avô:
Quando as coisas ficam ruins,
é sinal de que o bom está perto.

O ruim está sempre abrindo passagem
para o bom.
O errado traz muita experiência
 e o bom traz às vezes confusão:
"Nem sempre assim nem nunca pior".

Meu avô conhecia todas as verdades
e gastava a filosofia de quem muito viveu
e aprendeu.

Quando as coisas não iam muito bem,
ele dizia: amanhã estará melhor.
E descia curvado para o seu engenho de serra.

Esse engenho de serra era uma engrenagem pesada e
                                                rústica
para o serviço pesadão de desdobrar imensas toras
que o carreiro Anselmo derrubava nas matas, abria
                                        caminho

e junto ao aguieiro Saturnino, providos, o homem e
                                              menino,
de força e jeito e mais levas e espeques, passavam para
                                        cima do carretão,
e por caminhos mal amanhados, conseguiam descarregar
na esplanada do engenho, e depois, topejadas, eram
                                                roladas
para os dentes da serra vertical,
movimentada por um rego-d'água, escachoante,
todo ladeado de avencas e samambaias.

Era aquela armação de força bruta dirigida milagrosamente
por meu avô e o seu velho compadre Honório,
que dominavam com experiência rotineira,
aquela monstruosidade a que se dava o nome pomposo
de Engenho de Serra.

Sei que dali partiam carradas de tábuas,
ripas, caibros e réguas linheiras para a cidade.
E não faltavam compradores, tudo no desvalor e preço
do tempo velho.

Carregar o carro, jungir os bois,
pegar na despensa da casa grande mantimento para a
                                                viagem,
– quatro dias ida e volta, receber a lista das encomendas,
levar bruacas de couro por cima do taboado com os
                                              presentes
que a fazenda oferecia a parentes,
era a rotina da vida no Paraíso e nós, jovens, ansiando
                                já pela volta do carro,
cartas e jornais do Rio de Janeiro.

Minha mãe era assinante do "Paiz" e para nós vinham
                                    os romances
do Gabinete Literário Goiano.
Esperar a volta do carro, imaginar as coisas que viriam
                                    da cidade,
tomava a imaginação desocupada das meninas-moças.
Acostumei a ler jornais com a leitura do "Paiz".
Colaboravam Carlos de Laet, Arthur Azevedo, Júlia
                          Lopes de Almeida,
Carmem Dolores.
Meus primeiros escritinhos foram publicados no
                          suplemento desse jornal.
Acompanhei, na sua leitura, fatos e acontecimentos
                                    universais.
O casamento de Afonso XIII com a princesa de Betenberg.
neta da rainha Vitória, um atentado anarquista,
uma bomba atirada no cortejo nupcial.
E mais todo o desenrolar da guerra russo-japonesa no
                          começo deste século,
onde o Japão se revelou potência bélica, vencendo a
                                    Rússia.
Muitos meninos nascidos naquele tempo
tiveram o nome de Tôgo, o grande general japonês
A casa esperava o café. Regrava-se o sal na cozinha.
As mulheres dos moradores também esperavam suas
                                    encomendas.
Chita vistosa para vestidos, chinelos para dia santo e
                                    domingo.
Pente. Carrinho de linha, agulheiro, peça de algodão
                                    Americano.
Salamargo, riscado para camisa de homem. Metros de
                          mescla barata

para o nu dos meninos, lenço ramado pra cabeça.
Alguma ferramenta para o serviço.
A "carrada" tinha que pagar toda esta bagaceira,
às vezes um saldo, mais vezes um "deve" no comércio
para acertar "da outra vez".

Uma festa, apurar o ouvido ao longínquo cantar do carro,
avistado na distância, esperar as novidades que vinham:
cartas, livros e jornais.
Era uma vida para aquela mocidade despreocupada,
pobre e feita de sonhos.

O Carreiro Anselmo

Meu avô, já velho, na Fazenda Paraíso,
tinha um carreiro de anos de serviço,
chamado Anselmo. Era ele que amansava os bois,
lidava com o carro e carretão, puxava e topejava as toras
e ajudava a rolar para a engrenagem da serra.
Cuidava do curral. Nem precisava chamar os bois.
Abria a tronqueira, entrava, os bois iam atrás.
Na hora de ligar ao carro, a junta da frente se postava
                                        parelha,
recebia a canga. Seguiam-se os bois do meio,
punham-se no lugar, eram encangados, certos,
aí vinham os do coice.
Anselmo trazia o cambão. As juntas abriam espaço,
o carreiro apresilhava, ligava os canzis, as barbelas,
verificava o eixo, azeitava o cocão.
O "aguiero" tomava da vara, o carreiro sacudia as
                                        argolinhas,
aviso do ferrão perto, o carro partia rechinando,
as juntas irmanadas puxando compassadas.

Também os cães. Era de ver a comunicação carinhosa
com a gente da fazenda.

A festa que faziam aos familiares que chegavam,
aos companheiros de caçada de meu avô...
Voltando ao carreiro, também no pasto o gado
acompanhava
de manso suas voltas. Vacas que davam crias,
sabem os vaqueiros como fazem: escondem o bezerro,
defendendo de inimigos, seja o caracará, o gavião do
pasto,
que costuma atacar com seu bico recurvo,
o umbigo vivo e sangrento do nascente.
Até mesmo as jaguatiricas famintas
pois, quando viam o vaqueiro, iam direto à moita e
descobriam o bezerrinho.

Anselmo jogava no arção da cutuca e trazia para o curral.
O gado mansamente o acompanhava de chouto.

Este mesmo vaqueiro, veterano da Fazenda Paraíso,
que ali envelheceu tranquilo, manso,
partilhando daquela decadência irreversível,
vendo partir os moços, outros, moradores, procurando
melhoras
mais longe, ali ficou até o final.
Depois da morte de meu avô, seu filho mais velho foi
rever
o que restava.
Apalavrou a venda dos bois velhos, carro e carretão,
com açougueiros da cidade.
Mandou que Anselmo trouxesse os bois para a entrega
no curral.
Aí, falou o velho vaqueiro: "Inhô, dá licença. Isso num
tenho corage,

num faço não. Dá licença de'u tirá meus cacos e saí
premero."
No dia seguinte, o carreiro Anselmo desaparecia na
volta da estrada,
com o bagulho da sua pobreza.
Os velhos bois foram entregues aos compradores.
A fazenda mudou de dono. E a vida continuou
com suas contradições e desacertos.

A Mana

Quanto mais enérgicos e ríspidos fossem os pais, maior soma de elogios e gabos captavam, avantajados na aura dos louvores.

"Esta senhora sabe criar os filhos..."

Isto se dizia quando da notícia de uma tunda de taca, dessas de precisar panos piedosos de salmoura, corretivos de faltas infantis de que a criança não tinha consciência. Humilhação maior, domínio sobre a criança, esta era

não raro

amarrada com fio de linha na perna da mesa, o sadismo,

sobretudo, da mãe.

Não amarravam o menino traquinas, levado, dobravam a personalidade da criança.

Havia nas famílias do passado, família numerosa, sempre, uma figura imperial, ouvida e obedecida. Enérgica e

soberana.

A mãe cansada, esgotada de partos sucessivos, entremeados, não raro, de prematuros e hemorragias, delegava na filha mais velha sua autoridade materna.

Esta assumia a responsabilidade de cuidar dos irmãos
menores
quase autoritária e despótica com direitos de ásperas
correções
e castigos corporais.
Ela se fazia autoridade na casa. Mandava e desmandava,
comandava severa,
autoritária e vaidosa.
Do governo dos irmãos passava em pouco tempo a
toda casa.
Era prepotente, enérgica e vigilante. Tinha a sua vaidade.
Queria ser "a tal", em autoridade e comando.
A mãe estafada, aceitava paciente o jugo que a libertava
do fardo
que seu enfraquecimento físico não suportava
e a jovem, mal-passada da adolescência, perdia o nome
de batismo,
passava entre os irmãos a ser a Mana, ou melhor, senhora
Mana.

As mulheres do passado não sabendo ser carinhosas,
que aquele tempo de dureza e severidade não ajudava,
tornavam-se cruéis, não perdoando nenhuma falta.

Foi uma dessas casas que aconteceu de o menino,
irmão menor,
que vendia tabuleiro, voltar com a falta de um vintém.
A mana revisou a conta, verificou, alarmou: "Tá faltando
um vintém!"
"Eu não sei. Eu não perdi. Eu não vendi fiado. Eu não
comi nenhum bolo,"
retrucou o menino.

"Deixa de treita, Zequinha, dá conta do vintém, senão
ocê entra na taca."
"Não sei nada não," gritava o Zequinha enfezado, "não
sei desse desgraçado,
não sei dele não, já falei."
E zapt, e zapt e zapt, e a taca desceu forte.
O Zequinha quis escapulir, e a mana o sujigou. Num
rateio da criança
a mana, agarrada à aba do paletozinho,
sentiu na mão uma coisa gosmenta. Parou, largou.
"O que foi?" Um ovo de galinha, quebrado, estava ali
no bolso do Zequinha.
"Taí o vintém. A mulher comprou um bolo e pagou
com um ovo,
eu botei no borso e se esqueci. Taí ele."
A taca já tinha deixado vergão, então a mana
fraternalmente,
lascou mais duas tacadas em reforço.
Uma de castigo por ter quebrado o ovo
e outra "pra d'outra vez" não se esquecer.
Tempo Velho...

Criança

Entre os adultos, antigamente, a criança não passava
de um pequeno joguete. Não chegava a ser incômoda,
porque nem mesmo tinha o valor de incomodar.
Mal chegava aos quatro, cinco anos,
tinha qualquer servicinho esperando.
Bem diziam os mais velhos: "serviço de criança é pouco
e quem o perde é louco."
Era uma coisa restringida, sujeitada por todos os meios
                                        discricionários
a se enquadrar dentro de um molde certo, cujo gabarito
                                        era o adulto.
"Olha a filha de fulano, olha a sua prima, elas não
                              fazem isso...
Por que ocê não há de ser como elas?
Aprende com sua parenta, vê que educação bonita ela
                                        tem...
Olha a filha da vizinha, que moça bem-educada!..."
"Toma propósito, menina", era este o estribilho da casa,
A criança tinha só cinco, seis anos e devia se comportar
como tias e primas, as enjoadas filhas da vizinha, os
                              moldes apontados.

Sem a compreensão de seus responsáveis, sem defesa
e sem desculpas,
vítimas desinteressantes de uma educação errada e
prepotente
que ia da casa à escola, passando por uma escala de
coerções absurdas,
a criança se debatia entre as formas anacrônicas e
detestáveis
de castigos e repreensões disciplinares, do puxão de
orelhas ao beliscão torcido,
o cocre que tonteava, até as chineladas de roupa levantada
em cima da pele, e não raro a palmatória.
Isso, sem falar nos piores, interessando a sua vida
psico patológica.

Havia, ainda, disciplinas mais suaves e não menos
impiedosas,
como seja, ficar a menina sentada no canto de castigo,
sua tarefa de trancinha ou abrolhos para amarrar, carta
de "ABC" na mão,
amarrados no pescoço, tempo esquecido, cacos de
louça, acaso quebrada.
O menino peralta, arteiro, inquieto, era contido na sua
vivacidade
e daninheza, como se dizia, amarrado no pé da mesa.
A palavra dos velhos era ouvida com respeito, estribada
nos calços
da experiência e seus estímulos se faziam consideráveis.

A Gleba me Transfigura

Sinto que sou a abelha no seu artesanato.
Meus versos têm cheiro dos matos, dos bois e dos currais.
Eu vivo no terreiro dos sítios e das fazendas primitivas.
Amo a terra de um místico amor consagrado, num
                        esponsal sublimado,
procriador e fecundo.
Sinto seus trabalhadores rudes e obscuros,
suas aspirações inalcançadas, apreensões e desenganos.
Plantei e colhi pelas suas mãos calosas e tão mal
                        remuneradas.
Participamos receosos do sol e da chuva em desencontro,
nas lavouras carecidas.
Acompanhamos atentos, trovões longínquos e o riscar
de relâmpagos no escuro da noite, irmanados no regozijo
das formações escuras e pejadas no espaço
e o refrigério da chuva nas roças plantadas, nos pastos
                        maduros
e nas cabeceiras das aguadas.
Minha identificação profunda e amorosa
com a terra e com os que nela trabalham.

A gleba me transfigura. Dentro da gleba,
ouvindo o mugido da vacada, o mééé dos bezerros,
o roncar e focinhar dos porcos, o cantar dos galos,
o cacarejar das poedeiras, o latir dos cães,
eu me identifico.
Sou árvore, sou tronco, sou raiz, sou folha,
sou graveto, sou mato, sou paiol
e sou a velha tulha de barro.
Pela minha voz cantam todos os pássaros, piam as cobras
e coaxam as rãs, mugem todas as boiadas que vão pelas
estradas.
Sou a espiga e o grão que retornam à terra.
Minha pena (esferográfica) é a enxada que vai cavando,
é o arado milenário que sulca.
Meus versos têm relances de enxada, gume de foice e
peso de machado.
Cheiro de currais e gosto de terra.

Eu me procuro no passado.
Procuro a mulher sitiante, neta de sesmeiros.
Procuro Aninha, a inzoneira que conversava com as
formigas,
e seu comadrio com o ninho das rolinhas.
Onde está Aninha, a inzoneira,
menina do banco das mais atrasadas da escola de
Mestra Silvina...
Onde ficaram os bancos e as velhas cartilhas da minha
escola primária?
Minha mestra... Minha mestra... beijo-lhe as mãos,
tão pobre!...
Meus velhos colegas, um a um foram partindo,
raleando a fileira...

Aninha, a sobrevivente, sua escrita pesada, assentada
nas pedras da nossa cidade...

Amo a terra de um velho amor consagrado
através de gerações de avós rústicos, encartados
nas minas e na terra latifundiária, sesmeiros.
A gleba está dentro de mim. Eu sou a terra.
Identificada com seus homens rudes e obscuros,
enxadeiros, machadeiros e boiadeiros, peões e moradores,
Seus trabalhos rotineiros, suas limitadas aspirações.
Partilhei com eles de esperança e desenganos.

Juntos, rezamos pela chuva e pelo sol.
Assuntamos de um trovão longínquo, de um fuzilar
de relâmpagos, de um sol fulgurante e desesperador,
abatendo as lavouras carecidas.
Festejamos a formação no espaço de grandes nuvens
escuras
e pejadas para a salvação das lavouras a se perderem.
Plantei pelas suas enxadas e suas mãos calosas.
Colhi pelo seu esforço e constância.

Minha identificação com a gleba e com a sua gente.
Mulher da roça eu o sou. Mulher operária, doceira,
abelha no seu artesanato, boa cozinheira, boa lavadeira.
A gleba me transfigura, sou semente, sou pedra.
Pela minha voz cantam todos os pássaros do mundo.
Sou a cigarra cantadeira de um longo estio que se
chama Vida.
Sou a formiga incansável, diligente, compondo seus
abastos.

Em mim a planta renasce e floresce, sementeia e
sobrevive.
Sou a espiga e o grão fecundo que retornam à terra.
Minha pena é a enxada do plantador, é o arado que vai
sulcando
para a colheita das gerações.
Eu sou o velho paiol e a velha tulha roceira.
Eu sou a terra milenária, eu venho de milênios.
Eu sou a mulher mais antiga do mundo, plantada e
fecundada
no ventre escuro da terra.

Sou Raiz

Sou raiz, e vou caminhando
sobre as minhas raízes tribais.

Velhas jardineiras do passado...
Condutores e cobradores, vós me levastes de mistura
com os pequenos e iletrados, pobres e remendados...
Destes-me o nível dos humildes em tantas lições de
                                                        vida.
Passante das estradas rodageiras, boiadeiros e
                                        comissários,
aqui fala a velha rapsoda.
Escuto na distância o sonido augusto do berrante que
                                                        marca
o compasso das manadas que vão pelas estradas.
O mugido, o berro, o chamado da querência, a aguada,
o barreiro salitrado, a solta, o curral, a porteira,
a tronqueira, o cocho, o moirão, a salga, o ferro de marcar,
rubro, esbraseado. A castração impiedosa.
Eu sou a gleba e nada mais pretendo ser.
Mulher primária, roceira, operária, afeita à cozinha,
ao curral, ao coalho, ao barreleiro, ao tacho.

Seguro sempre nas mãos cansadas a velha candeia
de azeite veletudinária e vitalícia do passado.

Viajei nas velhas e valentes jardineiras
do interior roceiro, suas estradas de terra,
lameiros e atoleiros, seus heroicos e anônimos condutores
e cobradores, práticos, sabidos daqueles motores
                                    desgastados,
molas e lataria rangentes.
Santos milagreiros eram eles. Onde estarão?
Viajei de par com os humildes que tanto me ensinaram.

Viajantes das velhas jardineiras, meus vizinhos
das estradas viajeiras...
Meus trabalhadores: Manoel Rosa, José Dias, Paulo,
                                    Manoel,
João, Mato Grosso, plantadores e enxadeiros, meus
                                    vizinhos sitiantes,
onde andarão eles?
Andradina, Castilho, Jaboticabal, comissários e
                                    boiadeiros, tangerinos,
esta página é toda de vocês.
Fala de longe a velha rapsoda.

Menina Mal-Amada

Fui levada à escola mal completados cinco anos.
Eu era medrosa e nervosa. Chorona, feia, de nenhum
                                    agrado,
menina abobada, rejeitada.
Ao nascer frustrei as esperanças de minha mãe.
Ela tinha já duas filhas, do primeiro e do segundo
                                    casamento
com meu Pai.
Decorreu sua gestação com a doença irreversível de
                                    meu Pai.
desenganado pelos médicos.
Era justo seu desejo de um filho homem
e essa contradição da minha presença se fez sentir
                                    agravada
com minha figura molenga, fontinelas abertas em todo
                                    crânio.
Retrato vivo do velho doente, diziam todos.
Me achei sozinha na vida. Desamada, indesejada desde
                                    sempre.
Venci vagarosamente o desamor, a decepção de minha
                                    mãe.

Valeu e muito minha madrinha de carregar – Mãe Didi.

Minha vida ao me arrastar pelo chão depois de vários
trambolhões
na escada, galo na testa, gritaria e algumas palmadas,
da bica-d'água
passava para a cozinha em volta da Lizarda, criada da
casa, como se dizia.
Cozinheira, dona dos torresmos que ela me dava e que
me causavam
constantes diarreias e vômitos. Enquanto ia crescendo,
lá pelo terreiro,
suja, desnuda, sem carinho e descuidada, sempre aos
trambolhões
com minhas pernas moles.
Ganhei até mesmo um apelido entre outros, perna
mole, pandorga,
chorona, manhosa.
Na cozinha Siá Lizarda explorava meus préstimos.
Me punha a escolher marinheiros do arroz, esse era
beneficiado
nos monjolos das fazendas e traziam, além da
marinhagem,
pedrinhas trituradas que davam trabalho lento de separar.
Também o feijão, embora mais fácil.
Eram meus préstimos em promessas de torresmos com
farinha.
Mãe, lá em cima, não tomava conhecimento desses
detalhes.

Sempre sozinha, crescendo devagar, menina inzoneira,
buliçosa, malina.

Escola difícil. Dificuldade de aprender.
Fui vencendo. Afinal menina-moça, depois adolescente.
Meus pruridos literários, os primeiros escritinhos,
sempre rejeitada.
Não, ela não. Menina atrasada da escola da mestra
Silvina...
Alguém escreve para ela... Luís do Couto, o primo.
Assim fui negada, pedrinha rejeitada, até a saída de Luís
do Couto
para São José do Duro, muito longe, divisa com a Bahia.
Ele nomeado, Juiz de Direito.
Vamos ver, agora, como faz a Coralina...
Nesse tempo, já não era inzoneira. Recebi
denominação maior,
alto lá! Francesa.
Passei a ser *detraquê*, devo dizer, isto na família.
A família limitava. Jamais um pequeno estímulo.
Somente minha bisavó e tia Nhorita.
Vou contando.

Minha mãe, muito viúva, isolava-se no seu mundo de
frustrações,
ligada maternalmente à caçula do seu terceiro casamento.
Eu, perna mole, pandorga, moleirona, vencendo
sozinha as etapas
destes primeiros tempos. Afinal, paramos no *detraquê*.

Tudo isso aumentava minha solidão e eu me fechava,
circunscrita
no meu mundo do faz de conta...
E vamos trabalhar no pesado. Não ganhar pecha de
moça romântica,

que em Goiás não achava casamento.
Tinha medo de ficar moça velha sem casar.
Me apegava demais com Santo Antônio, Santa Anna,
padroeira de Goiás.
Minha madrinha para as dificuldades da vida.

Muito me valeu a escola.
Um dia, certo dia, a mestra se impacientou.
Gaguejava a lição, truncava tudo. Não dava mesmo.
A mestra se alterou de todo, perdeu a paciência.
e mandou enérgica: estende a mão.
Ela se fez gigante no meu medo maior, sem tamanho.
Mandou de novo: estende a mão.
Eu de medo encolhia o braço.

Estende a mão! Mão de Aninha, tão pequena!
A meninada, pensando nalguns avulsos para eles,
nem respirava, intimidada.
Tensa, espectante, repassada.
Era sempre assim na hora dos bolos em mãos alheias.
Aninha, estende a mão. Mão de Aninha, tão pequena.
A palmatória cresceu no meu medo, seu rodelo se fez
maior,
o cabo se fez cabo de machado, a mestra se fez gigante
e o bolo estralou na pequena mão obediente.
Meu berro! e a mijada incontinente, irreprimida.
Só? Não. O coro do banco dos meninos, a vaia impiedosa.
– Mijou de medo… Mijou de medo… Mijou de medo…
A mestra bateu a régua na mesa, enfiou a palmatória na
gaveta,
e, receosa de piores consequências, me mandou pra
casa, toda mijada,
sofrida, humilhada, soluçando, a mão em fogo.

Em casa ganhei umas admoestações sensatas.
A metade compadecida de uma bolacha das reservas
de minha bisavó,
e me valeu a biquinha-d'água, o alívio à minha mão
escaldada.
Ao meu soluçar respondia a casa: "é pra o seu bem, pra
ocê aprender,
senão não aprende, fica burra, só servindo pro pilão."
Sei que todo castigo que me davam era para meu bem.
Eu não sabia que bem seria este representado por
bolos na mão,
chineladas e reprimendas, sentada de castigo com a
carta de ABC na mão.
O bem que eu entendia era a bolacha que me dava
minha bisavó
e os biscoitos e brevidade da tia Nhorita.
Estes, entravam no meu entendimento. Do resto não
tinha nenhuma noção.

Fui menina chorona, enjoada, moleirona.
Depois, inzoneira, malina.
Depois, exibida. Detraquê.
Até em francês eu fui marcada.
Sim, que aquela gente do passado,
tinha sempre à mão o seu francês.
Se souberes viver, no fim te sentirás feliz.
Envelhecer é entrar no reino da grande Paz.
Serenidade maior.
Olhar para frente e para trás,
e dizer: dever cumprido.

O que mais se pode na vida desejar?...
Sentada na margem do caminho percorrido,
ver os que passam, ansiosos, correndo, tropeçando.
E dizer baixinho:
Corri tanto quanto você.
E você se quedará, um dia, como eu.

A certeza de ter vivido e vencido
a maratona da vida.

No Passado

Tanta coisa me faltou.
Tanta coisa desejei sem alcançar.
Hoje, nada me falta,
me faltando sempre o que não tive.

Eu era uma pobre menina mal-amada.
Frustrei as esperanças de minha mãe, desde o meu
                                    nascimento.
Ela esperava e desejava um filho homem, vendo meu
                                    pai doente
irreversível.
Em vez, nasceu aquela que se chamaria Aninha.
Duas criaturas idosas me deram seus carinhos:
Minha bisavó e minha tia Nhorita.
Minha bisavó me acudia quando das chineladas cruéis
                                    da minha mãe.
No mais, eu devia ser, hoje reconheço, menina
                                    enjoada, enfadando
as jovens da casa e elas se vingavam da minha presença
                                    aborrecida,

me pirraçando, explorando meu atraso mental, me
fazendo chorar
e levar queixas doloridas para a mãe
que perdida no seu mundo de leitura e negócios não
dava atenção.
Quem punia por Aninha era mesmo minha bisavó.
Me ensinava as coisas, corrigia paciente meus malfeitos
de criança
e exortava minhas irmãs a me aceitarem.
Daí minha fuga para o enorme quintal onde meus
sentidos foram se aguçando
para as pequenas ocorrências de que não participavam
minhas irmãs.
Minhas impressões foram se acumulando lentamente
e eu passei a viver uma vida estranha de mentiras e
realidades.
E fui marcada: menina inzoneira.
Sem saber o significado da palavra, acostumada ao
tratamento ridicularizante,
esta palavra me doía.
Certo foi que eu engenhava coisas, inventava
convivência com cigarras,
descia na casa das formigas, brincava de roda com elas,
cantava "Senhora D. Sancha", trocava anelzinho.
Eu contava essas coisas lá dentro, ninguém compreendia.
Chamavam, mãe: vem ver Aninha...
Mãe vinha, ralhava forte.
Não queria que eu fosse para o quintal, passava a chave
no portão.
Tinha medo, fosse um ramo de loucura, sendo eu filha
de velho doente.

Era nesse tempo, amarela de olhos empapuçados,
                             lábios descorados.
Tinha boqueira, uma esfoliação entre os dedos das
                             mãos, diziam: "Cieiro."

Minhas irmãs tinham medo que pegasse nelas.
Não me deixavam participar de seus brinquedos.
Aparecia na casa menina de fora, minha irmã mais
                             velha passava o braço
no ombro e segredava: "Não brinca com Aninha não.
                             Ela tem Cieiro
e pega na gente."
Eu ia atrás, batida, enxotada.
Infância... Daí meu repúdio invencível à palavra
                             saudade, infância...
Infância... Hoje, será.

Sonhos de Aninha

Que a mesa esteja sempre posta para a oferta modesta.
O pão da esperança e o vinho da alegria.
Combater o pessimismo e acreditar nos valores humanos,
no patriotismo dos que governam e na recuperação
demorada dos erros e violências do presente.
Garimpar mentalmente, batear numa serra distante, no
estado vizinho,
dita Serra Pelada. Toda de ouro e mais Carajás, toda de
minérios insondáveis,
para pagar todas as dívidas do Brasil e seus contratos
onerosos.
Exportar minérios, tantos, ainda não catalogados.
Ferro e ouro, ouro e ferro.
Quebrar os grilhões do débito.
Estas e outras esperanças e certezas.
Sonhos de Aninha.

Normas de Educação

Tinha sido o aniversário daquela senhora.
Uma sua amiga tinha lhe mandado, à moda do tempo,
                              bandeja de doces.
Dois pratos: manjar e pudim. Duas compoteiras.
Doces em calda: figo e caju.
A mãe separou as compoteiras e franqueou para as filhas
                              os perecíveis.
Ávidas, insaciáveis, logo deram conta da parte franqueada.
Passaram a goderar o reservado que ficara esquecido
por inapetência, por descuido.
Certo foi que a mais espevitada e audaciosa pediu
se podia comer aqueles da reserva.
A mãe levantou-se num impulso frenético, tomou das
                              compoteiras,
desceu a escada e despejou o conteúdo na lama do terreiro
onde as galinhas ciscavam vermes.
As meninas, olhando abobadas, sem entender a lição.
A dona sumiu-se lá para dentro a retomar suas leituras
                              infindáveis,
enquanto as crianças baixavam no lameiro e passavam
                              a catar e comer

os doces, antes que chegassem as galinhas.
Era assim antigamente.

Criança não valia mesmo nada. Entendia por acaso
                    dessas normas de Educação?
Nada era natural e os menores não tinham direitos.
E olha lá, que num passado que não foi meu, tinha sido
                                    bem pior.
Contavam os antigos.

Tudo de melhor para os adultos
para as crianças, prato feito, regrado, medido.
Coisas boas, guardadas, defendidas no alto dos armários,
fechados a chave e estas dependuradas no cós da saia
                    das que mandavam.

Às vezes emboloravam, jogava-se no cano, rio abaixo.
Mania de gente antiga, esconder das escravas sempre
                                    famintas,
sua ração restrita, falta de açúcar, frutas.
Comiam mesmo os embolorados azedados. Estes eram
                        distribuídos:
"inda serve sinhá" e comiam famintas.
Já não havendo escravas, permaneceu o hábito de guardar
fora do alcance das crianças, incapazes de atingir os
                            escondidos,
tirar às ocultas, limitadas e medrosas que eram das
                        duras chineladas
que faziam a parte pedagógica da formação doméstica.

Lembro da minha insatisfação com o que me davam
em racionamento constante: chocolate.

Coisa mais gostosa do meu mundo, feito com tabletes
                                  de chocolate Beringh,
raspado e batido com gema e açúcar,
até perder o cheiro característico do ovo.
Faziam nas casas pela manhã, me davam uma tigelinha
                                  minúscula,
tigela grande, tigelona enorme para os adultos.
Eu ali goderando sem mais.
Meu desejo de criança, escondido, reservado,
                                  dissimulado, de crescer,
virar gente grande e me fartar de chocolate com cacau
                                  Beringh
e gema batida. Cheiro de ovo, nas coisas boas que se
                                  faziam,
era defeito capital, censurado, castigado.
O ovo tinha que ser batido até ficar daquele jeito
aceito pelo paladar exigente e apurado dos homens
                                  da casa.
Estes tinham no tempo uma forma típica de rejeição ao
                                  menor deslize:
Cruzavam os talheres, deixavam o prato ou a tigela,
tomavam o chapéu e saíam sem palavra, quando não
                                  reagiam, duros.
As donas, responsáveis, sentiam a desfcita,
                                  assanhavam-se,
ralhavam, esbravejavam lá pela cozinha, em correções
                                  ásperas.

Havia sempre uma culpada, ignorante, infeliz, humilhada:
"Já ensinei tantas vezes... Já cansei de falar, você não
                                  cria

vergonha na cara..." Que se defendesse a coitada...
Molho de chaves na cabeça, orelha torcida, murro na
                                    boca, na cara,
nariz sangrando. Indefesas...
Algumas já levavam antecipadamente as mãos à cabeça
                                    se defendendo
da penca de chaves, que vinha na certa.

A pobreza da roça e da cidade achando-se em "graças
                                    a Deus"
por terem um canto, um trapo, um restolho e os ensinos.
Estavam de caridade, aprendendo para saber
quando fossem grandes saberiam agradecer.

A casa não queria namoro, menos ainda casamento,
não ajudavam, criavam trapaça.
Inventavam defeitos no pretendente, metiam em troça,
ridicularizavam, escarninhos e cruéis.
Queriam mesmo era o serviço ali no pilão, torrando,
                                    socando, peneirando
o café, mamona para o azeite das lamparinas, o sabão
                                    de cinza,
a boca do forno, a fazeção de quitandas, o almoço na
                                    mesa às nove horas,
o taboleiro na rua às onze.
Sempre ficava para elas, alguns queimados, as rapas, os
                                    lambidos, as lambidelas.
Tudo poupado, guardado, tudo arrasto de barato no
                                    comércio.
Comer pouco era norma de educação.
Comer de fartar era vergonha, diziam que a gente tinha
                                    fome canina,

era esfomeada, envergonhando a família.
Nenhuma palavra de apoio, de estímulo, nenhum elogio.
Censuravam, ridicularizavam. Sadismo e masoquismo
mancomunados.
Não ensinavam, determinavam, impunham, castigavam.
Exigiam, enérgicas
e absolutas, donas do saber e do mundo. Acreditavam-se
caridosas.
Quando algum pretendente conseguia, por milagre de
Santo Antônio,
varar o cerco e penetrar na fortaleza para o noivado,
quem o recebia e fazia "sala" era uma das vigilantes da
casa, mana ou tia,
jamais chamar a pretendente.
Esta ficava enfiada na despensa, no quarto, olhando
pelo buraco da fechadura,
palpitante e risonha, abobalhada e, até mesmo, feliz.

Meninas, não aceitavam delas senão a linguagem
corriqueira
e vulgar da casa.
Palavrinha diferente apanhada no almanaque ou
trazida de fora,
logo a pecha de sabichona, D. Gramática, pernóstica,
exibida.
Um dia fui massacrada por ter falado lilás em vez de
roxo-claro.
E a gente recolhia a pequena amostragem, melhoria,
assimilada de vagas
leituras de calendário, folhinha Garniê e se enquadrava
no bastardo doméstico.

A gente era vigiada, tinha uns preceitos arrasantes de
                                  ridicularizar,
reduzir e limitar as jovens personalidades,
as pencas de chaves ali enganchadas no cós das saias.
Graças a Deus que os armários e gavetas tiveram seus
                              fechos arrebentados
e toda gente anda farta nestes tempos de carestia,
arrotando alto, poderia dizer.

Não existe mais o arroto constante do passado nem o
                                 mau hálito,
nem crianças comendo de ração, nem percevejo nas
                                camas, nem disputa
na mesa pelo osso do frango, nem briga entre irmãs
pelos restos que os velhos deixavam nos pratos...

Digo sempre: "Jovens agradeçam a Deus todos os dias
terem nascido nestes tempos novos..."

Mestra Silvina

Vesti a memória com meu mandrião balão.
Centrei nas mãos meu vintém de cobre.
Oferta de uma infância pobre, inconsciente, ingênua,
revivida nestas páginas.

Minha escola primária, fostes meu ponto de partida,
dei voltas ao mundo.
Criei meus mundos...
Minha escola primária. Minha memória reverencia
                                    minha velha Mestra.
Nas minhas festivas noites de autógrafos, minhas
                                    colunas de jornais
e livros, está sempre presente minha escola primária.
Eu era menina do banco das mais atrasadas.

Minha escola primária...
Eu era um casulo feio, informe, inexpressivo.
E ela me refez, me desencantou.
Abriu pela paciência e didática da velha mestra,
cinquentanos mais do que eu, o meu entendimento
                                    ocluso.

A escola da Mestra Silvina...
Tão pobre ela. Tão pobre a escola...
Sua pobreza encerrava uma luz que ninguém via.
Tantos anos já corridos...
Tantas voltas deu-me a vida...

No brilho de minhas noites de autógrafos,
luzes, mocidade e flores à minha volta, bruscamente a
                                        mutação se faz.
Cala o microfone, a voz da saudação.

Peça a peça se decompõe a cena,
retirados os painéis, o quadro se refaz,
tão pungente, diferente.

Toda pobreza da minha velha escola
se impõe e a mestra é iluminada de uma nova dimensão.

Estão presentes nos seus bancos
seus livros desusados, suas lousas que ninguém mais vê,
meus colegas relembrados.
Queira ou não, vejo-me tão pequena, no banco das
                                        atrasadas.
E volto a ser Aninha,
aquela em que ninguém
acreditava.

Sequências

Eu era pequena. A cozinheira Lizarda
tinha nos levado ao mercado, minha irmã, eu.
Passava um homem com um abacate na mão e
                              eu inconsciente:
"Ome, me dá esse abacate..."
O homem me entregou a fruta madura.
Minha irmã, de pronto: "vou contar pra mãe que ocê
                              pediu abacate na rua."
Eu voltava trocando as pernas bambas.
Meus medos, crescidos, enormes...
A denúncia confirmada, o auto, a comprovação do delito.
O impulso materno... consequência obscura da
                              escravidão passada,
o ranço dos castigos corporais.
Eu, aos gritos, esperneando.
O abacate esmagado, pisado, me sujando toda.
Durante muitos anos minha repugnância por esta fruta
trazendo a recordação permanente do castigo cruel.
Sentia, sem definir, a recreação dos que ficaram de fora,
assistentes, acusadores.

Nada mais aprazível no tempo, do que presenciar a
criança indefesa
espernear numa coça de chineladas.
"É pra seu bem," diziam, "doutra vez não pedi fruita
na rua."

Pai e Filho

Não são os filhos que nos devem. São os pais que
devem a eles.

Estatuto do passado. Resquício do Pater Familias
do Direito Romano – O Pai tem todos os direitos
e o filho, todos os deveres.
Assim era, assim foi.
Hoje, sem precisar leis, nem decretos, nem códigos,
                                   pela força
da evolução humana, através de séculos, vencendo
                                   resistências,
ab-rogando artigos e parágrafos, se fez o inverso.
O Pai tem todos os deveres e o filho todos os direitos.
Princípio de justiça incontestado pelos próprios pais
e juízes destes tempos novos.

Nego o amor dos pais do passado, salvante exceções.
O que eles sentiam era o orgulho da posse, o domínio
                              sobre sua descendência.
Tudo, todos, judiciários e adultos. Sua hermenêutica
sutil de leis, interpretação, a favor dos adultos.

Os adultos, pai ou mãe, levavam sempre o melhor. Aí
estão os inventários
antigos. Os velhos autos comprovando interesses
mesquinhos, fraudes,
despojando filhos menores, indefesos, de bens a eles
devidos.
Na casa antiga, castigos corporais e humilhantes, coerção,
atitudes impostas, ascendência férrea, obediência cega.
Filhos foram impiedosamente sacrificados e despojados.
E para alguma rebeldia indomável, lá vinha a ameaça
terrível, impressionante
da maldição da mãe, a que poucas resistiam.
Do resto prefiro não esmiuçar.

Voltei

Voltei. Ninguém me conhecia. Nem eu reconhecia
                                    alguém.
Quarenta e cinco anos decorridos.
Procurava o passado no presente e lentamente fui
                identificando a minha gente.
Minha escola primária. A sombra da velha Mestra.
A casa, tal como antes. Sua pedra escorando a pesada
                                    porta.
Quanto daria por um daqueles duros bancos onde me
                                    sentava,
nas mãos a carta de "ABC", a cartilha de soletrar,
separar vogais e consoantes. Repassar folha por folha,
gaguejando lições num aprendizado demorado e tardo.
Afinal, vencer e mudar de livro.
Reconheço a paciência infinita da mestra Silvina,
sua memória sagrada e venerada, para ela a oferta deste
                                    livro,
todas as páginas, todas as ofertas e referências
Tão pouco para aquela que me esclareceu a luz da
                inteligência.

A vida foi passando e o melhor livro que me foi dado
foi Estórias da Carochinha, edição antiga, capa cinzenta,
papel amarelado, barato, desenho pobre, preto e
branco, miúdo.

O grande livro que sempre me valeu e que aconselho
aos jovens,
um dicionário. Ele é pai, é tio, é avô, é amigo e é um
mestre.
Ensina, ajuda, corrige, melhora, protege.
Dá origem da gramática e o antigo das palavras.
A pronúncia correta, a vulgar e a gíria.
Incorporou ao vocabulário todos os galicismos, antes
condenados.
Absolveu o erro e ressalvou o uso.
Assimilou a afirmação de um grande escritor: é o povo
que faz a língua.
Outro escritor: a língua é viva e móvel. Os gramáticos a
querem estática,
solene, rígida. Só o povo a faz renovada e corrente
sem por isso escrever mal.

LIVRO II
AINDA ANINHA...

Imaginários de Aninha
(Dos Autos da
Inconfidência Mineira)

Sonhava com as ladeiras de Ouro Preto.
E no desvão de um beco
Me encontrei na frente de um vulto estranho, desusado,
Trêmulo, de um velho medo do passado.

Perguntei o que fazia ali parado.
E ele me disse num jeito amedrontado
Ser o fantasma de um Inconfidente deportado.

E me contou do ideal antecipado.
Da liberdade cerceada.
Da sede de uma Independência fracassada
E que viria trinta e dois anos mais tarde,
Não em conluio de reuniões furtivas
E sim, numa cavalgada histórica e festiva.

E veio a delação. Os medos, aquela confusão.
Prisões. Suicídio, ocultos e fugitivos apavorados.
A masmorra sombria. Todos se acusando.
Negando o grande gesto. Acovardados.

Um, entre tantos, aceitaria a pesada culpa,
Do plano malogrado.
E quem agitou o quepe engalanado
E sacou da espada fulgurante,
Não foram mais os românticos renegados.
E sim, um descendente
Da mesma soberana que alguns lustros antes,
Mandara esquartejar o cadáver
Enforcado de Tiradentes e deixá-lo em postes ignóbeis
Por vilas e cidades,
Nos caminhos de Vila Rica.
Hoje, Patrono das Polícias Militares
consagrado no Thabor da posteridade.

E aquela que assinou a sentença infamante
e mandou destruir e salgar o chão de sua casa,
está assinalada: D. Maria I – A louca.
Os que sobreviveram, deportados pelas terras negras
da África.
A história vai esquecendo, inexoravelmente,
seus nomes, seus medos e covardias.

Nos autos revisados da Independência
a sombra romântica de Marília.

Imaginários de Aninha
(A Roda)

As meninas do colégio no recreio brincavam do velho
e jamais esquecido brinquedo de roda.
E eu, ali parada, olhando.
Esquecida no chão a cesta com sua roupa de volta para
mãe lavar.
Tinha nos olhos e na atitude tal expressão,
tanto desejo de participar daquele brinquedo
que chamei a atenção da irmã Úrsula que era a vigilante.
Ela veio para o meu lado,
me empurrou carinhosamente para o meio da roda,
antes que o grupo quintasse nova coleguinha.
O coro infantil entoou a cópia sempre repetida:

> "A menina está na roda
> Sozinha para cantar.
> Se a menina não souber,
> Prisioneira vai ficar..."

Com surpresa de todos levantei alto minha voz,
que minha mãe gostava de ouvir nas minhas cantorias
                                        infantis,
ajudando a ensaboar a roupa:

"Estou presa nesta roda
Sozinha pra cantar.
Sou filha de lavadeira,
Não nasci para brincar.
Minha mãe é lavadeira,
lava roupa o dia inteiro.
Busco roupa e levo roupa
Para casa vou voltar."

Era o fim do recreio.
Irmã Úrsula sacudiu a campainha
visivelmente emocionada.

Pelas janelas que abriam para o pátio,
tinham aparecido algumas cabeças de religiosas.
Professoras e alunas maiores, atraídas pelo timbre cristalino
de minha voz adolescente,
magricela a quem ninguém dava a idade certa,
tinha nesse tempo onze anos.
A roda se desfez em correrias.
A irmã Úrsula me ajudou a ajeitar a cesta alongada
na cabeça, equilibrou a trouxa
que minha mãe devia lavar, passar e engomar.
Perguntou pela minha idade e se frequentava escola.
Eu disse que não tinha tempo, porque ajudava mãe a
                                        lavar roupa.
Ela abriu a boca, ia dizer alguma coisa, pensou,
e disse: "Depois".

Os Aborrecimentos de Aninha

Meus vestidos de menina...
pregados – saia e corpo.
Abotoados na cacunda.
Pala rodeada de babados
que eu mordiscava, mascava,
estragava. Mãe ralhava.
Falta de cálcio, vitamina, alimentação,
leite, ovos, esclarecida depois do tempo.
Vício, dizia a casa. Filha de velho doente.

Meus vestidos... corpo pregado.
Um cinto estreito de permeio.
Gola no pescoço, mangas compridas,
saia franzida,
barra redobrada.
Aninha podia crescer e perder o vestido,
ficar curto, coisa assim, de grande perigo.
Também o borzeguim, um ponto acima.
Meu pequenino pé de folga, perdido no espaço largo.
Podia crescer e perder o borzeguim.
Borzeguim... quem fala ou escreve mais esta palavra...

sabe a menina do presente o que seja calçar um
borzeguim?
Meia listrada na horizontal, amarrada com tiras de pano,
caídas, de boba que eu era, filha de velho doente.

Os panos de meus vestidos... Toale de Vichi.
Prete noir, dizia colorida estampa colada na peça.
Preto e branco, outros azulentos, empastados, feiosos.
Eu queria pano ramado, florido, não podia.
Isto era para gente moça, sempre a mesma repetição.
Pala, babado, rodeando para ser alcançado,
babado, mascado de Aninha, feiosa, seus vestidos iguais,
enjoados.
Pano reforçado, barra redobrada, duráveis.

"Vestido de escola"... Chegar em casa, trocar.
Vestidinho caseiro de riscado, costurado de minha bisavó.
Mandrião folgado de não acabar, chinelinha nos pés.
Borzeguim... sempre o borzeguim guardado debaixo
da cama.
Debaixo da cama... quanta coisa se guardava e se
escondia.
Debaixo da cama...
Debaixo do colchão... Dinheiro, principalmente,
alguma notinha de 1.000 réis, 2.000 réis.
A gente ter ali, no escondido.
"De repente acontece alguma coisa"...
E a notinha dobrada, escondida, pronta a acudir a
precisão.
Meu Deus! debaixo da cama tinha um mundo de
guardados esquecidos.

imprestáveis, intocáveis, eternizados.
Era um depósito, e que ninguém bulisse naquilo.

Meu vestido branco de damacê... desenhos lavrados
                              no tecido,
flores, figuras geométricas, até passarinho.
Pala, babado de bordado.
Fita azul no ombro, vestido pregado, refegado,
pra descer quando crescer. Laçarote na cintura,
borzeguim novo chiante de amarrar.
Sofia Martins, costureira por intuição, recém-casada,
vizinha, praticou o primor.

Era o Crisma, o último cerimonial pelo bispo, Dom
                           Eduardo Duarte da Silva.
Saía de Goiás, aborrecido, para não mais retornar.
Minha madrinha – Mestra Silvina.
Eu, faceira, cabelo solto, amarrado com fita azul,
repuxado para trás.
Queria penteado diferente, coisa linda.
Via com as outras. Não podia. Meu cabelo não dava.
Pouco, liso e fino – herança de meu pai.
Tudo que não alcancei na vida, devo ao meu cabelo...
liso, pouco, fino, nunca deu penteado de moda.
Daí meus fracassos e derrotas.
Pouco, liso e fino – herança de meu pai.

Carreguei sempre esta herança paterna.
Vida de criança...
Vidinha de Aninha, a mal-amada, a mal-aceita,
retrato vivo de um velho doente.

Minha irmã Germana, vestido, todo fitas e rendas,
oferecido pela madrinha – Anoca Santa Cruz
Anoca Santa Cruz... elegante, viva, alegre, de comunicação
(diriam hoje).
Naquele tempo, dada, desembaraçada, espirituosa.
Liderava a sociedade goiana, era ouvida em
                     organização de festas.
O Palácio nada fazia, no sentido social, sem ouvi-la.
Entregava-lhe a direção.
Inventava, figurinava. Figurinou moda:
penteado alto, barrete frígio, símbolo republicano
                     recém-implantado.
Um dia, lançou novidade, nunca vista, sonhada sequer:
Ramo de pimenta malagueta no penteado.

Sei que as pimenteiras foram desgalhadas.
Não sobrou moça na cidade que não tivesse no cabelo,
seu ramo de pimenta.
Anoca Santa Cruz, foi madrinha de minha irmã.
Eu, Mestra Silvina, tendo sido mestra de minha mãe,
estimada, respeitada por ela.
Minha irmã caçula, sua madrinha – uma velha gorducha,
redonda, conversadeira, gente de São Pedro, de
                     apelido Taíca,
povo do lado do Pai.
Deu o vestido pronto e uma boneca de "loiça", no dizer
                     de minha bisavó.

Era de praxe o presente da madrinha.
A gente esperava, enfeitava, antecipava o ganho, o
                     presente.

Imaginava, acrescentava.
Tão raro criança ganhar presente
naquele longínquo fim de 1894.
Saía de Goiás, Dom Eduardo Duarte da Silva.
Aquele Crisma – sua última cerimônia litúrgica
na Capela do Seminário.
Eu, menina boba, medrosa, filha de velho doente, com
                                        medo do Crisma.

Impreparada para o cerimonial.
O bispo alto, robusto, sua veste episcopal,
ampla, vermelha, fulgurante.
Aquela imponência litúrgica, impondo crisma – Santos
                                        Óleos
na testa dos neófitos, um latim arcaico confirmando o
                                        batismo.
No silêncio da capela, um choro convulso de crianças
                                        intimidadas.

Aninha e suas Pedras

(Outubro, 1981)

Não te deixes destruir…
Ajuntando novas pedras
e construindo novos poemas.

Recria tua vida, sempre, sempre.
Remove pedras e planta roseiras e faz doces. Recomeça.

Faz de tua vida mesquinha
um poema.
E viverás no coração dos jovens
e na memória das gerações que hão de vir.

Esta fonte é para uso de todos os sedentos.
Toma a tua parte.
Vem a estas páginas
e não entraves seu uso
aos que têm sede.

As Espigas de Aninha
(Meu Menino)

A estrada da vida
pode ser longa e áspera.
Faça-a mais longa e suave.
Caminhando e cantando
Com as mãos cheias de sementes

A um jovem distante
o Pai deu uma gleba de terra,
e disse: trabalha, produz.
Era no tempo e ele plantou...
E me mandou no tempo quatro espigas de sua planta,
enfeitadas com os selos caros do correio.

Como o Leitor receberia este presente?

Era abril na minha cidade.
Páscoa.
Sempre, abril é Páscoa.
Recebi as espigas resguardadas em meia palha dourada,
símbolo de um trabalho fecundo.

Preparando sua terra
plantando e produzindo,
ele estava esquecendo angústias
do presente
e enchendo a tulha do futuro.

Eu o abençoei de longe
com a ternura dos meus cabelos brancos.

Premunições de Aninha

Por quê? Você, meu irmão, presidiário,
na teia de seu sonho – liberdade – viver além das grades,
paciente, elabora o seu plano de fuga sem o plano
consequente
da regeneração?
Dias, meses, noites, o tempo a correr e você, aproveitando
o escasso tempo fugidio.
Paciente, tenaz, ambíguo e dissimulado, ali está roendo
com seus dentes, nervos, ossos, e vontade, roendo
alicerces, muros e grades.
Afinal, um dia alcança a liberdade desejada.
Por que não partiu para longe, distante, não se engajou
numa frente de trabalho lá na roça, onde ninguém pede
documentação,
identidade, e se pôs como trabalhador a trabalhar, a
salvo da busca que se faz?
Não, você ficou mesmo perto e de novo voltou à falta,
ao erro,
ao crime inicial e de novo a liberdade tolhida, tão
penosa de conquistar!
Por quê, meu irmão?

Tempo virá. Uma vacina preventiva de erros e
                    violências se fará.
As prisões se transformarão em escolas e oficinas.
E os homens, imunizados contra o crime, cidadãos de
                    um novo mundo,
contarão às crianças do futuro, estórias absurdas de
                    prisões,
celas, altos muros, de um tempo superado.

Aqueles que acreditam
caminham para a frente
e podem ser chamados
Ludovico, Kubitschek.
Aqueles que duvidam
põem pedras e tropeços
nos caminhos dos primeiros.
Jamais construtores.
Capangueiros. Aproveitadores.

Ofertas de Aninha
(Às Lavadeiras)

Tantas conheci, todas tão pobres!
No passado levavam a trouxa de roupa na gamela,
a gamela na cabeça, assentada na rodilha.
Madrugada ainda recolhida na casa de Deus Nossinhor
e a lavadeira desperta, alerta, trabalhadeira.
Sempre a lavar, a trabalhar, a passar, a engomar,
ora no rio, ora no poço.

O poço...
Presente, constante, cantante, gemente.
Subindo e descendo o balde.
Água generosa e pura.
Leve de copo, misteriosa na transformação perene
da roupa suja em roupa limpa...
O veio profundo, abismal, buscado
no ventre fecundo da terra...
Sobe azulada, parcelada, no velho balde.
Sobe e desce, desce vazio, ligeirinho,
sobe pesado, compassado.
A corda, cansada, um dia estoura...

Meu Deus! Lá se foi o balde descansar
de trabalhar no fundo escuro do poço.
Não mais o balde, a corda, o pedaço inútil na mão
                                        desolada.
Outra corda mais velha, reservada, um gancho.
O gancho enganchado, a passear, errante, cego,
no fundo profundo do poço.
Sobe, às vezes, trazendo outros baldes cansados,
latas furadas, insuspeitadas.
Afinal, que em festas, a sábia procura do não visto
engancha o gancho.
E volta o balde em triunfo, trazendo seu pedaço de
corda do fundo do poço.
Nó dado de quem sabe dar nó cego.
A emenda da corda se faz.
De novo o balde, subindo, descendo, cantante, rangente,
trazendo sua água azulada, sempre aumentada lá no
                                        fundo escuro,
na escava redonda do ventre da terra.

As lavadeiras nunca se cansam.
Lavam de dia, passam de noite.
Sua tina d'água, seu ferro de brasa,
seus prendedores, seus anseios, necessidade.
Mantendo, equilibrando a pobreza, até o final.
E uma me exemplou em preceito de fé.
"Graças a Deus que Deus ajuda muito os pobres..."
Foi tão profundo o conceito que fiquei sem entender.

Ofertas de Aninha
(Aos Moços)

Eu sou aquela mulher
a quem o tempo
muito ensinou.
Ensinou a amar a vida.
Não desistir da luta.
Recomeçar na derrota.
Renunciar a palavras e pensamentos negativos.
Acreditar nos valores humanos.
Ser otimista.

Creio numa força imanente
que vai ligando a família humana
num corrente luminosa
de fraternidade universal.
Creio na solidariedade humana.
Creio na superação dos erros
e angústias do presente.

Acredito nos moços.
Exalto sua confiança,

generosidade e idealismo.
Creio nos milagres da ciência
e na descoberta de uma profilaxia
futura dos erros e violências do presente.

Aprendi que mais vale lutar
do que recolher dinheiro fácil.
Antes acreditar do que duvidar.

Confissões Partidas

Quisera eu ser dona, mandante da verdade inteira e
nua,
que nua, consta a sabedoria popular, está ela no fundo
de um poço fundo,
e sua irmã mentira foi a que ficou em cima beradiando.

Quem dera a mim esse poder, desfaçatez, coragem de
dizer verdades...
Quem as tem? Só o louco varrido que perdeu o controle
das conveniências.
Conveniências... palavras assim de convênio, de todos
combinados,
força poderosa, recriando a coragem, encabrestando a
vontade.
Conveniência... irmã gêmea do preconceito,
encangados os dois,
puxando a carroça pesada das meias-verdades.
Confissões pela metade...
Quem sou eu para as fazer completas?

Reservas profundas, meus reservatórios secretos,
                                    complexos,
fechados, ermos, compromissos íntimos e preconceitos
                                vigentes, arraigados.

Algemas mentais, e tolhida, prisioneira, incapaz de
                            despedaçar a rede
onde se debate o escamado da verdade...
Qual aquele que em juízo são, destemeroso dos medos
para dizer mais do que as meias dissimuladas, esparsas?

A gente tem medo dos vivos e medo dos mortos.
Medo da gente mesmo.
Nossas covardias retardadas e presentes.
Assim foi, assim será.

Exaltação de Aninha
(A Universidade)

O jovem universitário é um privilegiado.
e pode carregar com galhardia a glória de o ser.

As Universidades vêm de milênios e caminham para
                                          milênios.
Sempre se ampliando, se excedendo.
Universos, concentrados de cultura, conhecimentos
e saberes, em todo o mundo.
Ao aluno universitário deve ser demonstrado
sempre o sentido positivo dessa grandeza.
O aluno devia, na matrícula, receber um distintivo
com a sigla Universitária.
Trazê-lo consigo e dele se orgulhar.
Distintivo de honra, da nobre corporação,
e na maturidade mostrá-lo com orgulho à sua
                                          descendência.

As universidades vêm de séculos remotos.
Ainda o Brasil, nem mesmo a América eram descobertos,
já vigiam e regiam as universidades de Paris, Saragoça,

Bolonha, Coimbra e outras.
Centros de cultura, pesquisa, defesa das heresias do saber
e ampliação do conhecimento humano, dentro de um
mundo
ousado, comercial, competitivo e brutal.
Vêm de milênios e caminham para milênios,
resguardando as conquistas do passado
e ampliando os conhecimentos do presente
e projetando a ciência do futuro.
Cumpre aos alunos e mestres defender seus valores
ancestrais,
inavaliáveis. Honrá-las e dignificá-las na sua constante
renovação.
Novas descobertas da ciência que vão assimilando e
coordenando
e que fazem delas corpo vivo do presente
e alavanca das conquistas do futuro.

Honrar e respeitar sempre a casa de ensino e os velhos
mestres,
desde a escola primária por mais pobre e remota que
tenha sido,
até os ginásios, faculdades e cursos que deram
entendimento
à nossa mente obtusa e nos encaminharam na vida.

Não havendo monetário que pague as lições de um
mestre,
bem assim é que ele recebe honorários, que bem
entendidos
são contributos de honra.

Reitores, todo o conselho universitário, alunos e
professores,
podiam unidos e coesos, pugnar para que fosse criada,
em todas as universidades do nosso país, uma cátedra
singular.
A Cátedra do Idealismo a ser periodicamente ocupada
por vultos nacionais e estrangeiros, convidados de
honra que trouxessem
aos jovens a palavra nova, o Verbo do Idealismo
em contraposição à derrocada, ao pisotear de valores,
que vão sendo destruídos,
sem uma consequente substituição por valores novos,
que possam determinar o futuro e a evolução da
sociedade.
Cátedra sem nenhuma vinculação com folhas de
pagamento,
independente de verba universitária ou de raiz oficial.
Teria no entanto sua contribuição de honra.
Representada
por um vintém de ouro, valor arrecadado dos próprios
estudantes
que o fariam cunhar, especialmente como retribuição
simbólica.

Essa criação seria muito nova. Nenhuma universidade
a tem
e nós temos medo de ser originais. Sermos os primeiros.
Preferimos a estrada palmilhada, a retaguarda cômoda.
Temos medo de conquistas novas no campo do idealismo.
Vamos chanfrando, rotineiros.
Tempos virão, transformando a mentalidade materialista

deste fim de milênio. O estudante universitário do futuro se integrará na dimensão maior de suas universidades e será sensível ao valor dos símbolos ofertados nestas páginas.

A rotina é uma força impeditiva, massificadora, que circunscreve.

Ninguém quer ser o primeiro a romper a crosta, criar algo novo.

Como obscuro semeador, cumpro o dever de semear, semeando sempre, sem contar com os júbilos da colheita.

Exaltação de Aninha
(O Professor)

Professor, "sois o sal da terra e a luz do mundo".
Sem vós tudo seria baço e a terra escura.
Professor, faze de tua cadeira,
a cátedra de um mestre.
Se souberes elevar teu magistério,
ele te elevará à magnificência.
Tu és um jovem, sê, com o tempo e competência,
um excelente mestre.

Meu jovem Professor, quem mais ensina e quem mais
aprende?...
O professor ou o aluno?
De quem maior responsabilidade na classe,
do professor ou do aluno?
Professor, sê um mestre. Há uma diferença sutil
entre este e aquele.
Este leciona e vai prestes a outros afazeres.
Aquele mestreia e ajuda seus discípulos.
O professor tem uma tabela a que se apega.
O mestre excede a qualquer tabela e é sempre um mestre.

Feliz é o professor que aprende ensinando.
A criatura humana pode ter qualidades e faculdades.
Podemos aperfeiçoar as duas.
A mais importante faculdade de quem ensina
é a sua ascendência sobre a classe.
Ascendência é uma irradiação magnética, dominadora
que se impõe sem palavras ou gestos,
sem criar atritos, ordem e aproveitamento.
É uma força sensível que emana da personalidade
e a faz querida e respeitada, aceita.
Pode ser consciente, pode ser desenvolvida na escola,
no lar, no trabalho e na sociedade.
Um poder condutor sobre o auditório, filhos
                    dependentes, alunos.
É tranquila e atuante. É um alto comando obscuro
e sempre presente. É a marca dos líderes.

A estrada da vida é uma reta marcada de encruzilhadas.
Caminhos certos e errados, encontros e desencontros
do começo ao fim.
Feliz aquele que transfere o que sabe e aprende o que
                                        ensina.
O melhor professor nem sempre é o de mais saber,
é sim aquele que, modesto, tem a faculdade de transferir
e manter o respeito e a disciplina da classe.

Recados de Aninha – I

Meu jovem, a vida é boa, e você cantando o cântico
da mocidade pode fazê-la melhor. E o melhor da vida é
o trabalho.
No trabalho está a poesia e o ideal, assim possa sentir o
poeta.
Só o trabalhador sabe do mistério de uma semente
germinando na terra.
Só o cavador pode ver a cor verde se tornar azul.

Ele, na flor, já viu o fruto e no fruto prevê a semente.
E sabe que uma cana de milho, uma braçada de folhas
e palhas
na terra é vida que se renova.
Que sabe você, jovem poeta, da fala das sementes?
Um poeta parnasiano do passado, conversava com as
estrelas,
foi coisa linda no tempo.

Converse, você, poeta destes novos tempos,
converse com as sementes e as folhas caídas
que pisa distraído.

Você vai sobre rodas e caminha sobre vidas que o
                              asfalto recobriu.
Quem fala essa mensagem é uma mulher muito antiga
que entende a fala e a vida de um monte de lixo
que vê da janela da Casa Velha da Ponte, lá do outro
                              lado do rio,
nos reinos da minha cidade.

A vida é boa. Saber viver é a grande sabedoria.
Saber viver é dar maior dignidade ao trabalho.
Fazer bem-feito tudo que houver de ser feito.
Seja bordar um painel em fios de seda ou lavar
uma panela coscorenta. Todo trabalho é digno de ser
                              benfeito.

Coisa sagrada o trabalho do homem.
A dignidade de um profissional.
A seriedade de um operário, sua competência.
Respeito maior o trabalho obscuro do braçal,
identificado com a terra, com a semente, com a chuva,
com o paiol, com o rego d'água.
Coisa mais nobre a porteira do sítio,
o batente da casa, o banco rústico, a mesa coberta
com uma toalha de tear. A taipa doméstica, rebrilhante
e acesa. Coisa mais urgente? A presença do homem na
                              casa.
Homem culto da cidade,
num encontro com o da roça com sua enxada ao ombro,
ceda a ele sua preferência. Ele tem obrigação que você
                              desconhece.
Você veste e se alimenta da semente que ele aninha na
                              terra.
Você é um cidadão, ele é um lavrador.

Recados de Aninha – II

A vida é boa e nós podemos fazê-la sempre melhor.
E o melhor da vida é o trabalho.

Você é um jovem universitário.
Sinta a grandeza de o ser.
As universidades são feitas para ultrapassar milênios.
A sua universidade, UnB, é mais nova que você.
Isto tem sequência e consequência.

Você é um jovem superdotado.
Seu ambiente mental é dimensionado em grandeza maior.
Saiba que estudos e valores dos acasos do nascimento,
em alturas sociais, correm parelhas com o homem
        ignorante,
de braços musculosos, que, na terra agarrado ao cabo
        de uma enxada,
à relha de um arado, sulca e semeia o grão,
e colhe a espiga que, através de mãos calosas e
        processos vários,
vem à sua mesa no pão da manhã, nos pratos de todos
        os dias.

Saiba mais, e saiba com humildade,
que o lixeiro que remove o lixo de sua casa
é tão necessário e útil à coletividade,
como um estudante carregado de livros.
Enquanto este sonha com o brilho das estrelas,
aquele faz serviço presente indispensável.
Remove toneladas de lixo e sabe, com humildade do
                              homem que trabalha,
que será sempre um lixeiro da cidade.

Jovem, você fuma. Acredita ser um massificado dentro
                              da coletividade
urbana ou ainda é dono de reservas de personalidade?
                              Faça esse teste.
Na sua rua, em qualquer lugar, aproxime-se do lixeiro,
                              ofereça a ele
o seu maço de cigarro de boa marca e mais a caixa de
                              fósforo.
Acrescente: amigo você precisa mais disso do que eu.
                              Aceite.
Daí, vai comprar outro. Outro maço, outro fósforo.
De tempos em tempos faça o mesmo.
No fim você desistiu do cigarro e afirmou a sua
                              personalidade,
num gesto de fraternidade humana.

Mensagens de Aninha
(Trilha Sonora)

Deus criou o mundo e entregou ao homem
e disse: constrói.
E o homem o vem construindo há milênios.
Disse à mulher: Toma para ti a parte mais leve,
nem carrear pedras, nem cavar alicerces.
Embeleza a construção pesada do teu companheiro.
Tu és o lar. És a terra fecunda.
O homem porta a semente nos seus alforges. Não te
                                        negues
à maternidade, assim como a terra alimenta a semente
e não rejeita o fruto.

Reflexões de Aninha
(A Cidade e seus Turistas)

A cidade de Goiás, sendo um conjunto social
tradicionalista
e fechado, não entendeu nem justificou o turista.
Acostumada a receber visitas, dispensar atenções e
cortesia
aos que chegam, não o entende e se surpreende, com
esse tipo novo
e suas atitudes desatentas, longe do padrão aceito e
requerido.

Quem faz visitas tem praxe e um protocolo, mesmo
modesto, de apresentação,
estatuído e conservado.
Traz um laço remoto com a terra, com a cidade e suas
famílias.
Estranho que seja tem uma linha definida e aceita.
Já o turista foge a esse padrão.
É diferente e indiferente.
Descontraído, displicente, impessoal, chiclete.
Entra porque a casa está aberta, costume de Goiás.

170

A cidade é quente e a estrutura interna das casas
canaliza aeração pelos corredores de entrada.
A maioria das casas abrem suas portas
da rua e do meio, pela manhã, e só fecham à noite.
A famigerada "porta do meio", que preserva o interior,
abre para a peça que em Goiás chamam varanda,
em regra a mais ampla da construção,
onde a família se reúne, recebe, trabalha,
conversa e toma refeições.
Portas abertas. O turista vai entrando como em terra de
                                                ninguém.
Indiferente a uns tantos princípios.
Ab-rogou de normas sociais corriqueiras.
Não revela preceitos comezinhos.
É despojado e muito de seu, à vontade.

É um passante, anônimo, genericamente turista,
de curiosidade despolida
que agride a família tradicional, não muito flexível
e que qualifica esta atitude de desplante.

O turista entra sem bater, um ar superior.
Invariavelmente, porta uma objetiva e dela se serve.
Faz perguntas extemporâneas, não aguarda um
                                entendimento prévio.
"Quantos anos a senhora tem? quantos anos tem essa casa?
A senhora conheceu os bandeirantes?... A senhora
                                mora sozinha?
Não tem vontade de mudar para Goiânia? Não passeia?"
Francamente, tais perguntas não levam ao entrosamento
que as famílias goianas preservam.

Tem mais: a liberdade que tomam de invadir.
Vão entrando, salas, quartos, cozinha, quintal.
Nem cumprimentam a dona da casa presente.
Tudo com a liberdade indiferente de um passante
sem nome e sem retorno.
Não ligam ao juízo que possam fazer desta conduta,
                                         inédita
nos Reinos da minha Cidade.

Afinal que o turista vem e vai.
Não abrem caminho ao turismo informativo e social,
que muitos procuram. E como a cidade ainda não tem
                                    seus guias
como em outras partes, eles não se limitam
ao que Goiás oferece publicamente.
Igrejas e museus de portas fechadas e falta de guias.
Vale muito aqui o artesanato comercial,
bem amplo do pátio interno
do Convento Dominicano,
que mantém uma cooperativa em benefício de artesãos,
espalhados ao acaso da cidade.
Vale também o mercado e o museu comercial de Jair
                                    Figueiredo
que nunca se esvazia e onde há muito o que ver e
                                    comprar.
E ele é envolvente e ótimo comerciante.

Não sei se será assim em toda parte.
Sei que nas velhas cidades de Minas,
as famílias também sentem dificuldades,
mas as coisas por lá são diferentes,
havendo muito o que ser visto e guia para acompanhar.

No entanto, confessamos que há de permeio um
turismo inteligente,
polido e muito agradável de receber
e que deixa e leva as melhores impressões.

Nenhuma censura nesta análise. Tempos novos,
gente nova, desligada de práticas remotas e de um
passado distante.

Conclusões de Aninha

Estavam ali parados. Marido e mulher.
Esperavam o carro. E foi que veio aquela da roça
tímida, humilde, sofrida.
Contou que o fogo, lá longe, tinha queimado seu rancho,
e tudo que tinha dentro.
Estava ali no comércio pedindo um auxílio para levantar
novo rancho e comprar suas pobrezinhas.

O homem ouviu. Abriu a carteira tirou uma cédula.
entregou sem palavra.
A mulher ouviu. Perguntou, indagou, especulou,
                                      aconselhou,
se comoveu e disse que Nossa Senhora havia de ajudar.
E não abriu a bolsa.
Qual dos dois ajudou mais?

Donde se infere que o homem ajuda sem participar
e a mulher participa sem ajudar.

Da mesma forma aquela sentença:
"A quem te pedir um peixe, dá uma vara de pescar."
Pensando bem, não só a vara de pescar, também a
linhada,
o anzol, a chumbada, a isca, apontar um poço piscoso
e ensinar a paciência do pescador.
Você faria isso, Leitor?
Antes que tudo isso se fizesse
o desvalido não morreria de fome?
Conclusão:
Na prática, a teoria é outra.

Considerações de Aninha

Melhor do que a criatura,
fez o criador a criação.
A criatura é limitada.
O tempo, o espaço,
normas e costumes. Erros e acertos.
A criação é ilimitada.
Excede o tempo e o meio.
Projeta-se no Cosmos.

A Fala de Aninha
(Várias...)

A dureza da vida não são carências
nem pobreza.
Sofrem aqueles que desconhecem a luta
e menosprezam o lutador.

Tanto tempo perdido
sem semear e sem plantar.
No fim a tulha vazia.
Vazio o coração que não soube dar.

Ele era velho e era um mestre.
Eu era jovem e era discípula.
Ele mestreou e ela aprendeu.
E dessa escola ninguém ouviu falar.

Ele se foi sem saber que era um mestre.
Ela ficou, sem saber que foi discípula.
Só muito depois, compreendeu.
E já era tarde.

Minha mocidade, perdida no passado...
Tantos mestres à minha volta...
Tantos serões inaproveitados...
E eu? Sem saber de nada.

Ninguém me esclareceu:
Ouve e aprende.
É a vida que está ensinando.
Quando veio o entendimento,
os túmulos estavam calados.

A Fala de Aninha
(É Abril...)

É abril na minha cidade.
É abril no mundo inteiro.
Sobe da terra tranquila um estímulo de vida e paz.
Um docel muito azul e muito alto cobre os reinos de Goiás.
Um sol de ouro novo vai virando e fugindo a
      longínquas partes do mundo.
Desaguaram em março as últimas chuvadas do verão
           passado.

É festa alegre das colheitas.
Colhem-se as lavouras.
Quebra-se o milho maduro.
Bate-se o feijão
já se cortou e se empilhou o arroz das roças.
As máquinas beneficiam o novo
e as panelas cozinham depressa o feijão novo e gostoso.
A abundância das lavouras são carreadas para
      depósitos e mercados.
Encostam-se nas máquinas os caminhões em carga
        completa.

Homens fortes, morenos, de dorso nu e reluzente,
descarregam e empilham a sacaria pesada.
Fecham-se quarteirões de ruas para a secagem de grãos
que secadores já não comportam.
Gira o capital, liquida-se nos bancos, paga-se no
comércio.
As lojas faturam alto. É um abril de bênçãos e aleluias
e cantam nas madrugadas todos os galos do mundo.
Os pássaros, os bichos se fartam nas sobras do que vai
perdido
pelas roças. Respigam aqueles que não plantam nem
colhem
e têm direito às sobras dos que plantam e colhem.
Mulheres e crianças estão afoitas dentro das lavouras,
brancas,
de algodão aberto, colhendo e ensacando os capulhos
de neve.
Sobe dos currais serenados a evaporação acre do
esterco e da urina
deixados pelos animais de custeio.

O leite transborda dos latões no rumo das cooperativas,
Borboletas amarelas voam sobre o rio.
E um sobrevivente bem-te-vi lança seu desafio
pousado nas palmas dos coqueiros altos.
É abril no mundo inteiro. Os paióis estão acalculados.
As tulhas derramando. Mulheres e crianças de sítio
vestem roupa nova.
E a vida se renova na força contagiante do trabalho.
Um sentido de fartura abençoa os reinos da minha
cidade.

Lembranças de Aninha
(Os Urubus)

Eu os vejo, através das lentes da recordação.
Os urubus. Nos telhados e muros da cidade
abriam suas negras asas espanejando suas penas
                                        chuvadas,
para retornarem ao voo alto.
Às vezes, vinham doentes, claudicantes,
comboiados pelos parceiros em círculo,
"planejando o vento", dizia a gente mais antiga da cidade.

Baixavam na velha cajazeira do quintal,
tomavam seus fôlegos, passavam para a murada,
depois para a terra.
Os companheiros se mandavam de volta e o perrengue
                                        ficava.
As galinhas assustadas, arredias.
Depois se acamaradavam.
O doente, jururu, perdida sua capacidade de voo,
estava ali encantuado, soturno, asa caída, desarvorado.
E vinham os companheiros, eu vi, escondida na moita
                                        de bambu,

alimentavam seu doente, devolviam, repassavam seus
comeres
bico a bico para a goela do urubu mofino, o que
traziam no papo,
buxo o que seja, como fazem os pássaros com seus
filhotes.
Certo, que a ave combalida recebia sua ração alimentar
e conseguia sobreviver.
Água não faltava, nesse tempo a bica era prolongada
até o quintal,
onde as galinhas criavam redadas de pintos
que se faziam comboios de frangos.
Um dia um urubu refeito, da terra passava para o muro,
experimentando a força. E logo depois, junto aos outros,
ia de volta a sua vida de ave carniceira.
Ninguém judiava do doente. Eu gostava de ver
quando os companheiros ficavam perto alimentando o
parceiro.
Minha bisavó dizia que davam exemplo para os vivos
(humanos).

Houve tempo na cidade em que era proibido matar
urubu.
Postura da Intendência que os tinha como auxiliares da
limpeza pública
e eles se fartavam lá pelo matadouro, onde eram atiradas
cabeças e vísceras das rezes abatidas.

Não raro aparecia com o bando um Urubu-rei,
com sua cabeça vermelha e seu porte maior.
Onde foram os bandos negros que faziam seus rodeios
no azul do espaço? Onde beija-flores e andorinhas,

os negros anus gritadores, almas de gato dos açoriados
do rio?
E você, pequeno tico-tico, que mereceu mesmo uma
composição musical,
"Tico-tico no Fubá", e foi nome de uma das melhores e
mais antigas
revistas infantis? E o sabido Martim Pescador, tão certeiro
nas suas incursões pelo rio, levantando no bico
recurvo o peixe pressentido?
Onde os bem-te-vis dos altos coqueiros
com seus constantes desafios? Onde mais esses poetas
alados
marcados pela juriti das velhas mangueiras?
Foram-se para sempre.

Lembranças de Aninha
(Colhe dos Velhos Plantadores...)

Colhe dos velhos plantadores que sabem com jeito e
experiência
debulhar as espigas do passado e dar vida aos cereais
da vivência.
Quanta informação antiga, quanta sabedoria
inaproveitada...
O passado não volta, nem os mortos deixam suas covas
para contar estórias aos vivos.
Ninguém me alertou o entendimento. Meu avô, tia
Nhorita, tia Nhá-Bá,
Tio Jacinto, Dindinha, a grande mágica Dindinha.
Alguns estranhos diziam: Dona Dindinha.
Passei pelas minas e não soube mineirar,
daí a cascalheira das minhas frustrações.

Lembranças de Aninha
(A Mortalha Roxa)

A força das palavras dessas que, acaso ouvidas,
                  acompanham a memória
a vida inteira. Terá por acaso o leitor ouvido certa palavra
sem maior sentido e que ficou indefinida, ligada,
jamais esquecida?!...
Um dia, tem tantos anos, me veio ao ouvido de criança
pela primeira vez a palavra "Urucuia".

Passaram-se os tempos e o moinho dos anos moeu
                         tantas palavras
e lembranças novas e velhas.
Destruiu e pulverizou recordações e valores, e aquela
                    palavra – "Urucuia"
sempre viva, jamais esquecida. Aninha, que ouvira pela
                        primeira vez
aliada à outra, frase completa – Sertão do Urucuia,
nunca pôde esquecer, tampouco ouviu de novo.
Localizar dentro do mapa tumultuado das recordações,
onde, em que recanto da terra esse vasto e desconhecido
                        sertão,

seu nome imperecível gravado na pedra da memória.
Até que um dia, tantos anos já corridos, encontrei a
                              frase antiga
no livro do escritor João Guimarães Rosa,
localizado nos intérminos de Bahia, Minas e Goiás.
Sertão do Urucuia, Urucuia sendo um rio que me
                    pareceu volumoso e triste,
abeberando vasta zona agreste, de três estados.

O caso de ter chegado a Goiás, em dias do século
                              passado,
um criminoso condenado a cumprir pena na cadeia de
                              Goiás,
por crimes cometidos naqueles ermos, distância, onde
                    a lei o alcançou,
sendo que veio e chegou a esta em cumprimento de
                    sentença penal.
Veio acompanhado da mulher, companheira firme,
                sertaneja e urucuianos, eles.
Na cabeça trazia a mulher seus haveres.
O marido foi recolhido à cadeia pública
e ela, sua toalha passada, seus haveres, se pôs sentada
na porta da cadeia, sem destino maior – nas mãos de Deus.
Meu Deus em que remoto ermo, onde mesmo seria
                este Sertão do Urucuia,
cuja palavra ouvi de criança e que mandava a esta
                    cidade distante
um dos muitos criminosos impunes que lá ficaram!

Aconteceu que alguém passava e viu a mulher,
seu malote, toalha passada na cabeça e desconforto.
Quem? Outro vulto do passado.

186

O homem bem daqueles tempos e de todos os tempos.
Seu Benício Ferreira da Silva, Benício Sossegado
                                        (de apelido).
Homem justo, pacato, bondoso, servidor, compadre da
                                        minha tia Nhorita,
padrinho que foi de meu primo Luís do Couto.
Passava, se condoeu, falou com a mulher e a levou à
                                        casa da minha tia,
onde viveu até o fim da sua vida dando sempre
                                        assistência de afeto
ao marido preso, condenado a trinta anos de cadeia por
                                        crimes de morte,
lá longe, muito longe de Goiás, cujo termo legal
alcançava aquelas longínquas distâncias.
Sertão do Urucuia.
O tempo foi passando, minha tia morava com seus filhos,
gamelas, tachos e fôrmas numa casa baixa,
sem pintura de tinta em seus caixilhos,
vizinha de Domingos Gomes de Almeida,
num larguinho, então chamado de Retemtém.
Minha mãe visitava a velha tia, seus primos
e nós meninas, com ela, no prazer de ir à casa da tia
                                        Nhorita,
prazer cnormc, ligado a um prato de quitandas várias,
no centro da mesa à nossa vontade com sua oferta de
                                        café forte e quente,
servido em xícaras desusadas e grandes de ágate
                                        cinzentas.
Ali num quarto à parte, foi acomodada com sua trouxa,
já agora passados para uma caixa fechada a chave
os pertences e valias secretas do amarrado.

E não era assim de menosprezo sua muda de roupa
grossa e ramada.
Uma peça estranha, não tanto para os adultos daquele
tempo,
senão para crianças, principalmente para mim,
bisbilhoteira que era.
Era esta peça uma mortalha de pano roxo lavrado.
Compunha-se de um camisolão longo e ancho
e de uma capa ampla comprida, acompanhante.
Acontecia que a dona de tal indumentária
a estendia ao sol, de vez em quando, em arejamento.
Acontecendo de ser por acaso quando em visita de
minha mãe.
Eu, pequena, diferente de minhas irmãs, ficava
fascinada à vista da mortalha,
sem entender de sua triste utilidade.
Sei que a casa da tia inesquecível estava ligada para mim
ao imenso prato de biscoitos e fatias de cima da mesa,
e mais à mortalha de Siá Conrada, mulher de Seu Praxedes,
que cumpria trinta anos de cadeia, onde morreu, antes
de vencer a condenação.

Um dia, na visita à tia, desci ao quintal no fascínio
daquela peça
aberta ao sol. Não estava, não era aquela cerimônia de
todos os dias.
Inconformada e medrosa, deslizei de manso para
dentro do quarto da anciã
e perguntei macia depois de lhe pedir a bênção:
"Siá Conrada, a senhora não vai estender sua mortalha
hoje?"

Ela fechou a cara e respondeu durona:
"M'ea mortaia não é inxuvaiu de menina abiuda, não."
Tive um medo! e resvalei para fora do quarto.

Não me lembro do final da estória. Sei que ela morreu
e se foi vestida como queria. O que ficou mesmo para
minha lembrança,
muito comentada em nossa casa, foi a caixa de lavrados
que ela trouxe durante a longa viagem e que, em
doação repetida,
foi deixada para Lulu e Joãozinho, filhos menores de
minha tia.
Como de costume, a mana resguardou a deixa e desses
lavrados
ninguém mais ouviu falar.

Sei contar que aquela mortalha roxa estendida ao sol
me fascinava,
achava coisa linda e com vontade de ter uma assim
para mim.

Meias-Impressões de Aninha
(Mãe)

Renovadora e reveladora do mundo
A humanidade se renova no teu ventre.
Cria teus filhos,
não os entregues à creche.
Creche é fria, impessoal.
Nunca será um lar
para teu filho.
Ele, pequenino, precisa de ti.
Não o desligues da tua força maternal.

Que pretendes, mulher?
Independência, igualdade de condições...
Empregos fora do lar?
És superior àqueles
que procuras imitar.
Tens o dom divino
de ser mãe
Em ti está presente a humanidade.

Mulher, não te deixes castrar.
Serás um animal somente de prazer
e às vezes nem mais isso.
Frígida, bloqueada, teu orgulho te faz calar.
Tumultuada, fingindo ser o que não és.
Roendo o teu osso negro da amargura.

Os Apelos de Aninha

Lá longe, na divisa de três Estados, em festas, presentes
as autoridades,
a grande Barragem Itaipu Binacional.
Construção ciclópica de que se orgulha um país e seu
povo.
Seu funcionamento cobrirá todo o custo milionário da
construção.
Repto maior, lançado pelos homens do presente às
gerações futuras.
Um dia, a mesma alta autoridade que assistiu emocionada
à abertura das comportas de Itaipu prometeu, "alto e
bom som",
na Barragem de Sobradinho, levar as águas excedentes
do São Francisco,
aos rios secos do Nordeste. Como filha de nordestino e
nordestina
de heredos e atavismos, cobro nestas páginas a
promessa feita
e a responsabilidade assumida.

O Nordeste ouviu e se pôs alerta à espera de sua vez.
Excelência, cumpre o prometido aos estados sofridos

a aos seus filhos humilhados e sofredores,
presentes em todas as frentes de trabalho cá no sul.
Presidente, esse homem sofrido, trabalhador e
        produtivo no sul,
limitado na sua terra pelas limitações e estreitezas do
         seu meio,
de há muito perdeu o nome: É um pau-de-arara
desagregado e bloqueado,
Mesmo assim por esta força telúrica imanente da gleba,
ele tem sido guardião e vigilante dos estados
      malfadados e espinescentes.

Presidente, salva o Nordeste.
Dá água abundante e corrente aos seus filhos valorosos,
irrigação ao seco. Salva àquela gente, seu gado e sua
         lavoura,
dá vida nova àqueles estados tão marcados pela seca.
A posteridade te espera e as gerações vindouras te
        proclamarão.
Presidente, há uma trilogia de salvação e recuperação
      em oferta ao governo.
Sê o Presidente, esse esperado, sê o Messias destes
       tempos novos.
Se assim for, a posteridade te espera.

Antes destes dias vibrantes de eleição, o presidente
        afirmou
que os dois últimos anos de seu governo seriam
      voltados para o homem.
A primeira já foi dita calcada em promessa publicada
       pelos jornais.

A segunda aqui está expressa na fala do próprio
Ministro da Justiça,
que passamos a transcrever da imprensa de 27/04/82:
"O Ministro da Justiça Ibrahim Abi-Ackel,
afirmou ontem que os presídios brasileiros,
salvo raras exceções são 'sucursais do inferno',
onde inexiste qualquer tipo de tratamento penal,
restando ao condenado apenas a lei do mais forte
e o aperfeiçoamento no crime,
o que se reflete nos altos índices de reincidência por
parte dos egressos."
Acrescenta mais: "Lamentou o pequeno número de
instalações prisionais,
assim como a sua inadequação a uma política de
recuperação dos detentos,
transformando as penitenciárias, casas de detenção,
presídios e cadeias públicas em estufas do crime
e depósitos humanos onde se permite a prática abusiva
de deformação do caráter, do aviltamento da
personalidade,
da submissão dos mais fracos aos mais aptos e essa
convivência
que leva a todo tipo de degenerescências inclusive
físicas..."
Disse mais: "A população carcerária do país
se aproxima das cem mil pessoas
e quando os índices de criminalidade atingem níveis
assustadores,
é que a sociedade nacional passa a ter consciência
sobre o problema.
Se não forem tomadas medidas imediatas,
primordialmente no campo pedagógico,

as prisões continuarão a representar 'sementeiras do
crime'."
Afirmou ainda que o Trabalho é a melhor forma de
recuperação dos detentos,
ressalvando que, na quase totalidade dos casos,
esse Trabalho não tem colaborado para a reinserção do
preso na sociedade,
pois se constitui na produção de souvenirs e curiosidades
como gaiolas, calçadeiras de osso e outros que não lhe
permitirão viver livre.
A terceira proposição está ligada ao problema, até
agora insolúvel,
do Menor Abandonado.
Sabemos, não há dinheiro para tanto.
Sabemos também que são problemas vitais.
Um apelo do país para a Onu, de que o Brasil faz parte,
não deixaria de ter resposta favorável.
Para isso ela dispõe da Unesco,
e atende solicitações de ajuda social, comprovada.
Excelência, essas três proposições, magnas proposições,
deságuam numa única – Trabalho como fonte de salvação.
Salvação do Nordeste, dando condições de viver ao
nordestino
no seu próprio meio.
Regeneração do apenado em condições de trabalho
organizado,
produzido em nível industrial, dentro dos presídios,
respaldado por uma formação autônoma e cooperativista
do reeducando.
Salvar a criança pobre antes que se perca pelo
abandono e pela miséria.

Isso pela criação de Escolas de Ofícios,
que façam delas operários qualificados para a grandeza
do nosso país.
Resumindo tudo: na terapêutica humana do trabalho.

Presidente. A Posteridade te espera.
Não te espantem as dificuldades de assumir.
A Nação te ajudará e se sentirá engrandecida e
orgulhosa do seu Presidente.

Oração de Aninha

Pela manhã, abre a janela de tua casa
e faze a prece da gratidão.
Levanta teu coração para o Alto.
É a hora solene da oração.
Procura reter contigo
o amanhecer de um novo dia
antes que a rotina da vida
disperse o teu recolhimento
Segue esta pequena jaculatória.

Senhor, sois a luz da minha vida.
Que eu sinta a vossa presença
na água da minha sede,
e na paz da minha casa.
"Quem chama por Deus
não cansa nunca"
e Ele se fará presente.
Muito pedimos e pouco agradecemos.
Sentimento raro de se encontrar no coração
humano: Gratidão.

Muitos se ufanam:
"Não devo nada a ninguém".
Engano: devemos muito a todos.
Devemos, particularmente, a nossos vizinhos
a felicidade da boa vizinhança.
Em regra, aquele que acredita
nada dever a alguém,
também, nada faz por ninguém.
É o egoísta: macula
os bens da vida, a alegria de viver.

Já a linguagem dos humildes:
"Abaixo de Deus devo tudo o que tenho
a fulano". É sempre este o homem
solidário, feito para ajudar
e com ele está a benevolência,
capacidade de servir, e a paz social,
o Espírito de Deus está na sua casa
E sua tulha estará sempre derramando.

LIVRO III
NOS REINOS DE GOIÁS
E OUTROS

Nos Reinos de Goiás
(A Vida e suas Contradições)

O medo é uma presilha e o medroso não sai do lugar.
Estabeleceu um cercadinho limitante e ali se estabeleceu
limitado.
O corajoso caminha sempre para a frente,
aceita as paradas e aproveita as ofertas.
E sua tulha transbordará no final.

Há um determinismo constrangendo as criaturas.
Minha gente do Estado de Goiás, muitos poderiam estar,
senão ricos, remediados.
Da mudança para Goiânia, suas ofertas, lotes, casas e
chácaras,
terrenos baratos em sua volta. Um decreto do Governador
oferecendo lotes na "nova" a todos os proprietários da
"velha"
que requeressem no sentido de compensação generosa,
consequente a desvalorização da velha Capital.

Vendedores de lotes a prestação ofereciam de porta em
porta,

traziam mapas, informavam.

Na minha terra, seus costumes: batiam no corredor.

A dona da casa mandava espiar pelo buraco da fechadura:
"Se for vendedor de lote de Goiânia, fala que não tem
ninguém em casa..."

Lotes de ótima procedência, prazo longo,

tolerância nos possíveis atrasos,

amortização de vinte mil réis por mês.

Qualquer pobre podia pagar. Rejeitaram esses, os ladinos.

Não acreditavam, tinham medo de perder suas vinte

pratas.

Cá ficaram no "ora vejam".

Os destemidos e crédulos avançaram e estão na crista

da valorização

imobiliária. A mesma situação conheci em Andradina.

Vi pessoas entregarem seus lotes à Firma, Moura Andrade.

Outras casas feitas de material. Diziam: "Ah! Seu Andrade

quer

é que a gente abra isso aqui pra ele. Depois toma tudo

da gente..."

Estão pra lá, e os que acreditaram e tiveram boa-fé,

enriqueceram.

A vida e suas contradições.

Os Gatos da minha Cidade

Goiás já foi terra de muitos gatos.
Pelas casas, parindo suas ninhadas
debaixo dos fogões
e no abaciado dos barreleiros desativados,
em correrias pelos telhados,
estirados ao sol, em cima dos muros,
se espreguiçando pelas salas,
arqueando o dorso num espreguiçamento
gracioso e felino.
Eram pretos, luzidios, manchados, mouriscos,
                    pequenos e maiores,
caçadores de ratos ou ladrões furtivos
da carne comprada nos cortes.
Bem aceitos ou afugentados, rejeitados,
cuidadosos, escondendo suas coisas ou deixando,
relaxados, pelos cantos.
Conviviam com os vira-latas e felpudos da casa.
Lá um dia, amigos, irmanados à volta da gamela de leite,
um miado de aviso rancoroso, um rosnado em represália,
um arranco, um latido e o gato célere
escapa da garra do inimigo.

Salta no primeiro poste e volta-se para o cão,
rasgado o tratado de trégua e paz.
Agressivo, em miados ameaçadores, desafia o cão e
seu tamanho.
A salvo, ameaça e faz carranca.
O cão olha, mede altura do pequeno inimigo astuto
e pensa lá consigo, com seu pelos, como pensam
os cães:
"É, lá com este não tem jeito, ninguém pode."
Sacode os pelos, alivia a carranca e desiste da briga.
O medo é parelha da dúvida.
Quem duvida não tem o espírito de construção.
Jamais será um semeador.

Coisas do Reino da minha Cidade

Olho e vejo por cima dos telhados patinados pelo tempo
copadas mangueiras de quintais vizinhos.
Altaneiras, enfolhadas, encharcados seus caules,
troncos e raízes das longas chuvas do verão passado.
Paramentadas em verde, celebram a liturgia da próxima
florada.
Antecipam a primavera no revestimento de brotação
bronzeada,
onde esvoaçam borboletas amarelas.
As mangueiras estão convidando todos os turistas,
para a festa das suas frutas maduras, nos reinos da
minha cidade.

Minha mesa pobre está florida e perfumada
de entrada a minha casa, um aroma suave
incensando a sala.
Um bule de asa quebrada, um vidro de boca larga,
um vaso esguio servem ao conjunto floral.
Rosas brancas a lembrar grinalda das meninas
de branco que acompanhavam antigas procissões,
de onde vieram carregando seus perfumes?...

Tão fácil. Por cima do muro da vizinha
a roseira, trepadeira, se debruça
numa oferta floral de boa vizinhança.

Canto e descanto meus vizinhos.
Contei sempre com eles e nunca me faltaram.
Beleza, simbólica maior: o Dia do Vizinho.

O vizinho é a luz da rua. Quando o vizinho viaja e
                                            fecha a casa,
é como se apagasse a luz da rua... Indagamos sempre:
                                            quando volta?
E quando o vizinho volta, abre portas e janelas
e é como se acendessem todas as luzes da rua
e nós todos nos sentimos em segurança.
Estas coisas nos reinos de Goiás.

O Quartel da Polícia de Goiás

Cá é bem bão... cá é bem bão... cá é bem bão,
assim, no dizer da gente da cidade,
respondia o sininho da cadeia,
ao toque de silêncio do quartel.

O quartel da polícia de Goiás
sempre foi a segurança da cidade.
Guardião de um passado bem passado.
Antigos tempos superados.

A velha formação, a disciplina,
o garbo, o comandante, alferes e tenentes,
anspeçada e furriel.
Cabos e sargentos.
O fardão abotoado.
Botões dourados, dagronas, canutilhos,
atavios desusados.
Quepe, mochila, dolman, pantalonas,
reúnas, canguru rangente, ringideira.
Rifle e baioneta, no ombro a pesada "comblein",
disparada, que zuadão danado!

O maioral do quartel era mesmo o corneteiro.
Acordava a madrugada,
antes do dia clarear.

A cidade ouvia, do Areião à Santa Bárbara.
Levantava e se punha a trabalhar.
Na alvorada antiga do quartel
era o mundo que acordava.
Repicava o sino das igrejas e cantavam os galos do
quintal.

A vida do quartel comandava a vidinha das cidades.
Sempre foi o quartel o coração da gente de Goiás.

A corneta, o corneteiro, o toque de silêncio,
respondia o sininho da cadeia
cá é bem bão... cá é bem bão... cá é bem bão,
Feriados – desfile da banda pelas ruas,
domingo – retreta no jardim.

Alta noite, a ronda vigilante, o apito estridente,
recortando o silêncio da noite da cidade.

Ainda escura a madrugada
e a corneta alegre da alvorada,
acordar e trabalhar. Acordar e trabalhar...
O quartel sempre foi o coração da gente da cidade.

Meu Amigo

(In memoriam)

Conto para você umas coisas que estão acontecendo
na Casa Velha da Ponte.
Cantou esta manhã um Bem-te-vi, último, penúltimo,
                                                    talvez.
Era um cantar solene e triste.
Não mais o alegre desafio de todos os Bem-te-vis
desaparecidos de Goiás.
Era assim, como uns gritos, lamentos de socorro.
Mas não era do Bem-te-vi que eu ia falar.

Faz tempo, queria contar para a sua ternura,
essas coisas miúdas que nós entendemos.
Ah! Meu amigo e confrade...
As rolinhas... As últimas, fogo-pagou, cantaram a cantiga
da despedida no telhado negro da Velha Casa.
Cantaram em nostalgia toda uma certa manhã passada.
Olhei. Eram cinco, as derradeiras.
Levantaram voo e se foram para sempre.

Não mais seu grupinhos cinzentos e asseados
nos trilheiros do velho quintal, catando suas comidinhas,
sementes de capim, dados pelo Bom Deus.
Aqueles que não plantam e não colhem e têm direito
à vida.
Sempre puras. Nem a rainha de Sabá teria meias tão
vermelhas
e veste tão linda como elas.

Cantaram seus louvores.
A louvação da despedida final.
E se foram para um indefinido longe, ninguém sabe
onde.
Onde não houvesse sementinha envenenada
e sim o chorinho escondido de água impoluída.

Ficou para nós, velhos namorados dessas coisas simples,
a lembrança, essa doçura de evocação.
Elas deixaram este recado:
Fala para seu amigo que não tinha mais jeito...
E a Casa Velha da Ponte ficou desfalcada
de seus encantamentos.

Tanto papel escrito, tanta coisa inútil.
Se tudo já foi dito, o que ficou para mim?...
A palavra nova... Como será?
Mesmo nova será nascida de um arcaísmo.
Neste livro, o que terá valor?
O que ficou sem escrever.
O maior valor dos meus livros.
Poucos. Escritos no tarde da vida:
A exaltação à minha escola primária,

a sombra da velha Mestra,
a bolacha da minha bisavó,
as broinhas da tia Nhorita,
a sabedoria de meu avô,
um canto de galo, um cheiro de curral,
o arrulho da juriti,
resumindo tudo no carreiro Anselmo.

Bem-te-vi... Bem-te-vi...

Que terás visto?
Há quanto tempo tu avisas, bem-te-vi...
Bem-te-vi da minha infância, sempre a gritar,
sempre a contar, fuxiqueiro,
e não viste nada.

Meu amiguinho, preto-amarelo.
Em que ninho nasceste, de que ovinho vieste,
e quem te ensinou a dizer: Bem-te-vi?...
Bem te vejo, queria eu também cantar e repetir
para ti: Bom dia, bem te vejo, te escuto.
Bem-te-vi sobrevivente
de tantos que já não voam sobre o rio,
nem pousam nas palmas dos coqueiros altos...

Mostra para mim, meu velho companheiro de uma
                        infância ultrapassada,
tua casa, tua roça, teu celeiro, teu trabalho, tua mesa de
                                                comer,
tuas penas de trocar,
leva-me à tua morada de amor e procriar.

Vamos ao altar de Deus agradecer ao criador
não desaparecerem de todo os Bem-te-vis
dos Reinos de Goiás.

Canta para mim, tão antiga como tu,
as estorinhas do passado.
Bem-te-vi inzoneiro, malicioso e vigilante.
Conta logo o que viste, fuxiqueiro do espaço,
sempre nas folhas dos coqueiros altos,
que também vão morrendo devagar como morrem os
                                        coqueiros,
comidos de velhice e de lagartas.

O Poeta e a Poesia

Não é o poeta que cria a poesia.
E sim, a poesia que condiciona o poeta.

Poeta é a sensibilidade acima do vulgar.
Poeta é o operário, o artífice da palavra.
E com ela compõe a ourivesaria de um verso.

Poeta, não somente o que escreve.
É aquele que sente a poesia,
se extasia sensível ao achado
de uma rima, à autenticidade de um verso.

Poeta é ser ambicioso, insatisfeito,
procurando no jogo das palavras,
no imprevisto do texto, atingir a perfeição inalcançável.

O autêntico sabe que jamais
chegará ao prêmio Nobel.
O medíocre se acredita sempre perto dele.

Alguns vêm a mim.
Querem a palavra, o incentivo, a apreciação.

Que dizer a um jovem ansioso na sede precoce de
                                    lançar um livro...
Tão pobre ainda a sua bagagem cultural,
tão restrito seu vocabulário,
enxugando lágrimas que não chorou,
dores que não sentiu,
sofrimentos imaginários que não experimentou.

Falam exaltados de fome e saudades, tão desgastadas
de tantos já passados.
Primário nos rudimentos de sua escrita
e aquela pressa moça de subir.
Alcançar estatura de poeta, publicar um livro.

Oriento para a leitura, reescrever,
processar seus dados concretos.
Não fechar o caminho, não negar possibilidades.
É a linguagem deles, seus sonhos.
A escola não os ajudou, inculpados, eles.

Todos nós temos a dupla personalidade.
O id e o ego.
Um representa a sua vida física, material completa.
Pode ser brilhante, enriquecida de valores que ajudam
                                            a ser feliz,
pode ser angustiada e vacilante, incerta, insatisfeita.
Mesmo possuindo o que deseja, nada satisfazendo.
O id representa sua vida interior paralela, ambivalente,
exercendo seu comando em descargas nervosas,
no eterno conflito entre a razão e o impulso incontrolado.
Dupla vida inter e extra, personalidade se contrapondo.

Pode ser trivial e dependente, podemos fazê-la rica e
cheia de nobreza,
nos valendo da força imensurável do pensamento positivo
emanado da vida interior que é o nosso mundo,
invisível a todos, sensível ao nosso ego.

Há sempre uma hora maldita na vida de um homem.
Pode levá-lo ao crime e às paredes sombrias de uma
cela escura.
Um curto-circuito nas suas baterias carregadas,
uma descarga nas linhas de transmissão potencial.
Daí, fatos aberrantes que surpreendem.
Conclusões demolidoras de um passado brilhante.

Esta É a tua Safra

Minha filha, junto a teus irmãos não lamentem nem
digam,
coitada da mamãe...
Ninguém é coitada, nem eu.
Somos todos lutadores.

Se souberes viver, aproveitar lições, escreverás poemas.
Teus cabelos brancos serão bandeiras de paz.
E viverás na lembrança das novas gerações.

Não te queixes jamais das mãos vazias que sacodem lama.
E pedaços rudes de um passado morto não sejam
revividos,
sem mais empenho senão enxovalhar, ferir e destruir.

Recria sempre com valor
o pouco ou o muito que te resta.
Prossegue. Em resposta ao néscio
brotará sempre uma flor escassa
das pedras e da lama que procuram te alcançar.
Esta é a tua luta.

Tua vida é apagada. Acende o fogo nas geleiras que
te cercam.
O tardio poema dos teus cabelos brancos.
Recebe como oferta as pedras e a lama da maldade
humana.
Esta é a tua safra.

Eles

Eles... Vigilantes, censores.
Estranhos não ajudam, carreiam pedras.
Eles... sei de seu respeito filial.
Juízes mudos, singulares, severos,
no seu foro íntimo.
Impenetráveis. Os autos...
O julgamento constante em assembleia, reunidos ou não.
A falta de afinidades...
O choque, a vida intrauterina,
eles, em formação, recebendo o rebate, bate que bate
de tanta luta inglória...
União frágil, desfeita espiritualmente, rota, rasgada,
                                        violentada.

Ontem

Os adultos, todos-poderosos, solidários, coautores,
                                                corregedores.
Juízes de suas justiças.
Altaneiros em lições altissonantes, humilhantes
para que todos soubessem se exemplar.
A criança faltosa, inconsciente, apanhada, destruída.
Ré... ré... ré... de crimes sem perdão.
E eles, enormes, gigantescos, poderosos,
donos de todas as varas, aplaudidos.

Esta senhora, sim, sabe criar a família...
Isto quando corria a notícia de uma tunda das boas,
e mais castigos humilhantes.
Ao choro, respondia a casa, os ilesos, saciados,
                                        regozijantes –
"benfeito, perdidas as que foram no chão".
O sadismo, o masoquismo, o requinte: A menina
                                        errada, agarrada,
sujigada entre pernas adultas, virado seu traseiro,
                                        levantado

seu vestido, saiote, descida sua calcinha em chineladas
                                                    cruéis
no traseiro desnudado, na pele sensível.

A reação incontida da criança, a mijada inconsciente,
a ânsia nervosa, o vômito, o intestino solto.
Acrescido o castigo: sentada no canto,
a carta de ABC na mão, a lição sabida.

Irmã Bruna

Só uma pedra no meu túmulo.
Pedra de renúncia aos bens da vida.
Pedra luz de meus votos
em bodas de diamante.
Graça maior concedida
à pequenina irmã
que só pedia a Jesus
ser a rocha de amparo à sua fé.

No fim, minha mão vazia, segura
as mãos cheias de Deus.
E continuar na eternidade
a renovação de meus votos jovens,
na glória imensa de ter sido em vida e morte,
Dele, a mais humilde e pequenina serva,
Irmã Bruna.

Aprende...

Tu encontrarás sempre no teu caminho
alguém para a lição de que precisas.
Aprende, mesmo que não queiras.

A boa lição... Alguém sempre a precisar.
Feliz é o que aprende.
Errar é humano, diz a sabedoria popular.
Insistir no erro é obstinação.
Pecado contra o Espírito Santo.
Aquele que reconhece seu erro,
está no caminho da perfeição.
Aquele que confessa e se arrepende,
caminha para a salvação.

Reconhece teu erro.
Mesmo que custe muito,
ao teu orgulho e vaidade.

Jamais justifique o errado.
"Fulano foi o culpado."
Arrepender e reparar
é o caminho certo
da Paz espiritual.

Um dia, um salteador,
condenado ao suplício,
reconheceu seus erros,
e justificou o inocente.
E o que foi que aconteceu com ele?

Segue-me

Eu sou o caminho, a verdade e a vida.
Segue-me. E eu te darei repouso e sombra na tua
caminhada.
Afastarei pedras e farpas de teus pés caminheiros.
Abençoarei tuas mãos de trabalhador.
Farei do trabalho o lazer e aprazimento de tua vida.
Segue-me.

Esperando sempre confiante.
Eu te darei a certeza da vida eterna e curarei as dúvidas
que te flagelam.
Terás alegria nos teus espaços, marcarás na terra
caminhos de esperança.
O futuro se fará risonho e aberto aos que não veem e
creem.
Segue-me.

Transformarei a tua vida e te levarei "a verdes pastos".
Porei em tuas mãos o cajado do pastor e cuidarás do
meu rebanho disperso.
Plantarás o trigo abençoado, o vinho da alegria e o
linho da pureza.
Segue-me.

Eu te farei pescador de todos os errados e perdidos,
errantes pela Terra.

Ele passava pelo mercado público, lá estava o
                              publicano Levi,
com os seus livros e folhas de argila, cobrando aos
                              mercadores
os tributos de César.
Jesus olhou, alcançou o íntimo profundo e reservado
                              do publicano e disse:
"Segue-me". Levi deixou suas pedras e números
e se fez discípulo ao lado do Mestre.

O pequeno Zaqueu, "homem baixo de estatura",
queria ver o Mestre aclamado
e a multidão lhe tirava a visão.
Ele subiu numa árvore, queria ver, precisava ver o Cristo,
caminheiro nas terras da Judeia.
Jesus o viu antes que fosse visto e disse:
"Desce desta árvore, Zaqueu, que hoje a salvação
                              entrou em tua casa."
Zaqueu partilhou seus bens com os pobres e tomou
                              seu lugar ao lado do Mestre.
Segue-me.

O Moço procurou Jesus. Tinha tudo e cumpria os
                              preceitos.
Que mais poderia fazer para merecer das promessas?
Renuncia ao que tens e terás o dobro do que contas.

Pedro lançava suas redes.
O Mestre passou e disse: "Recolhe tuas redes

e eu te farei pescador de homens".
Segue-me.

Jovens e adultos, eu vos darei o que debalde buscais
com afã,
um pouco de felicidade.
Farei ver o que está dentro de cada um, templo e
morada do Espírito Santo.
Eu vos darei os sete dons do espírito e vos sentireis
pleno
da sabedoria da vida, que debalde procurais.
Farei ver a vossa própria razão de vida e de morte,
responderei às vossas indagações.
Segui-me.

Os que governam, os que comandam.
Darei ocupação aos desocupados, saúde aos enfermos,
inteligência aos ignorantes.
Eu vos farei a luz da candeia acesa que vai na frente
e aclara o caminho escuro.
Segui-me.

Juízes que repartis julgamentos, eu vos darei
a balança da equidade e a certeza do Direito.
Segui-me.

Advogado que reivindicas Justiças aos que dela, carentes,
têm fome e sede.
Médico. Eu te darei a melhor ciência de curar dores
alheias
e suavizar a partida dos que se vão.
Segue-me.

Vós todos, homens da terra, encherei as vossas tulhas
e o trabalho de vossos braços será um cântico para o alto.
Segui-me.
Todas as perdidas do mundo eu vos darei vestes novas
de pureza e de brancura.
Segui-me.

Ladrões e arrombadores.
Eu abrirei as portas do Céu e vos acharei fartos e fiéis.
Sereis guardas dos bens eternos.
Segui-me.

Presidiário, busca-me na solidão da tua cela
e eu te levarei no caminho da recuperação e da Paz.
Estou encostado a ti. Procura-me com o coração
daquele salteador condenado, a quem perdoei todos os
                                                    crimes
pela força do arrependimento e esperança da salvação.
Chama por mim. Ouvirei o teu clamor.
Tomarei nas minhas tuas mãos armadas e farei de ti
um trabalhador pacífico da terra.
Segue-me.
Estou ao teu lado, sou tua sombra.
Abrirei os cárceres do teu espírito,
encherei de luz, não só tua cela escura,
senão, também, a cela escura do teu entendimento.
Segue-me.

Jovem, eu te livrarei do vício e do fracasso.
Da droga destruidora e te farei direito,
pelos caminhos entortados.
Segue-me.

Quem chama por mim não cansa nunca.
Quando tardo, estou no caminho.
Farei leve a tua cruz.
Um Simão Cirineu, porei ao teu lado.

Desalentados e descrentes.
Mulheres perdidas, viciados e criminosos.
Vos lavarei a todos na água do perdão,
se me procurardes de coração aberto.

Um ladrão, companheiro de minha cruz,
eu o levei ao Pai, pela força da palavra – "Senhor,
                                            lembrai-vos
de mim, quando estiverdes com vosso Pai."
Eu o limpei de todos os erros e lhe foi dada a salvação.

Presidiário, que, roendo paredes e pedras,
ganhas a liberdade e voltas de novo à prisão
que abristes com a pua da tua vontade.
Se me seguires, nunca mais voltarás à prisão,
porque te porei nos meus caminhos.
Darei luz à tua cela escura e farei iluminada
a cela mais escura do teu espírito.
Segue-me.

Todos os perdidos da vida.
Não vim ao mundo para os que estão salvos,
e sim para os enfermos.
Farei de ti a candeia acesa,
guiando a caminhada dos cegos.

Senhor, os privilegiados, cerradas suas oiças
à palavra da renovação, davam-lhe as costas.

Não podiam suportar aquelas verdades da palavra nova,
e dissestes a um discípulo ao vosso lado:
"Tu também queres me deixar?"
Este respondeu:
"Senhor, aonde irei sem Vós? Tendes palavras de Vida
Eterna."
Jesus, eu sou aquele cego, surdo e mudo.
Tropeço nos caminhos errados.
Minha fé é frágil, o mundo me domina.
sustentai a minha fé.
Senhor! Aonde irei sem Vós?...

Para o meu Visitante
Eduardo Melcher Filho

Ele me disse:
trabalho com um computador e não estou satisfeito.
Gostaria de ser pintor, compositor, poeta.
Escrever romances, fazer Arte.
Meu elemento de trabalho é por demais mecânico,
insensível, impessoal.

Amigo, disse-lhe em mensagem:
olha bem uma lixeira, um monte de lixo.
Não voltes o rosto enojado,
nem leves o lenço ao nariz ao cheiro acre
que te parece insuportável.
No lixo nauseante há uma vida,
muitas vidas
e na vida haverá sempre sentimento,
vibração e poesia.
Tudo que compõe o lixo veio da terra
e, depois de aproveitado,
usado, espremido e sugado,
volta para a terra.

Milhões de gérmens fazem ali uma química
poderosa e fecundante,
transformando em húmus a matéria orgânica,
repulsiva e rejeitada.
Ela vai fazer seu retorno à terra
num processo perene de transformação
e esta a devolverá a ti
no sabor perfumado de um sorvete de morangos.

Procura sempre a alma oculta do teu computador.
Ele é uma criação maravilhosa da inteligência humana.
Um dia tua sensibilidade a encontrará.

Os Homens

Em água e vinho se definem os homens.

Homem água. É aquele fácil e comunicativo.
Corrente, abordável, servidor e humano.
Aberto a um pedido, a um favor,
ajuda em hora difícil de um amigo, mesmo estranho.
Dá o que tem
– boa vontade constante, mesmo dinheiro, se o tem.
Não espera restituição nem recompensa.

É como a água corrente e ofertante,
encontradiça nos descampados de uma viagem.
Despoluída, límpida e mansa.
Serve a animais e vegetais.
Vai levada a engenhos domésticos em regueiras,
                              represas e açudes.
Aproveitada, não diminui seu valor, nem cobra preço.
Conspurcada seja, se alimpa pela graça de Deus
que assim a fez, servindo sempre
e à sua semelhança fez certos homens que encontramos
                              na vida

– os Bons da Terra – Mansos de Coração.
Água pura da humanidade.

Há também, lado a lado, o homem vinho.
Fechado nos seus valores inegáveis e nobreza
                                    reconhecida.
Arrolhado seu espírito de conteúdo excelente em todos
                                    os sentidos.
Resguardados seus méritos indiscutíveis.
Oferecido em pequenos cálices de cristal a amigos
e visitantes excelsos, privilegiados.

Não abordável, nem fácil sua confiança.
Correto. Lacrado.
Tem lugar marcado na sociedade humana.
Rigoroso.
Não se deixa conduzir – conduz.
Não improvisa – estuda, comprova.
Não aceita que o golpeiam,
defende-se antecipadamente.
Metódico, estudioso, ciente.

Há de permeio o homem vinagre,
uma réstia deles,
mas com esses não vamos perder espaço.
Há lugar na vida para todos.
Em qual dos grupos se julga situado você, leitor amigo?

Sombras

Tudo em mim vai se apagando.
Cede minha força de mulher de luta em dizer:
estou cansada.

A claridade se faz em névoa e bruma.
O livro amado: o negro das letras se embaralham,
entortam as linhas paralelas.
Dançam as palavras,
a distância se faz em quebra-luz.

Deixo de reconhecer rostos amigos, familiares.
Um véu tênue vai se incorporando no campo da retina.
Passam lentamente como ovelhas mansas os vultos
                                       conhecidos
que já não reconheço.

É a catarata amortalhando a visão que se faz sombra.

Sinto que cede meu valor de mulher de luta,
e eu me confesso:
estou cansada.

Eu Creio

Creio nos valores humanos
e sou a mulher terra.

Creio em Garça e na sua gente.
Creio na força do trabalho
como elos e trança do progresso.

Acredito numa energia imanente
que virá um dia ligar a família humana
numa corrente de fraternidade universal.

Creio na salvação dos abandonados
e na regeneração dos encarcerados,
pela exaltação e dignidade do trabalho.

Exalto o passado, o presente e o futuro de Garça
no valor da sua gente,
no seu constante poder de construção.

Acredito nos jovens à procura de caminhos novos
abrindo espaços largos na vida.

Creio na superação das incertezas
deste fim de século.

Sumário

LIVRO I – MEIAS CONFISSÕES DE ANINHA

LIVRO II – AINDA ANINHA...